Por amor o por pecado

Carolina Salazar

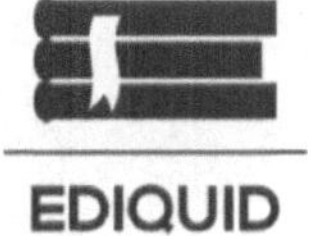

EDIQUID

POR AMOR O POR PECADO
© Carolina Salazar

Editado por: Corporación Ígneo, S.A.C.
para su sello editorial Ediquid
Av. Arequipa 185 1380, Urb. Santa Beatriz. Lima, Perú
Primera edición, octubre, 2023

ISBN: 978-612-5112-65-1
Impresión bajo demanda

Hecho el Depósito Legal en la Biblioteca Nacional del Perú N° 2023-09662
Se terminó de imprimir en octubre del 2023 en:
ALEPH IMPRESIONES SRL
Jr. Risso Nro. 580 Lince, Lima

www.grupoigneo.com
Correo electrónico: contacto@grupoigneo.com
Facebook: Grupo Ígneo | Twitter: @editorialigneo | Instagram: @grupoigneo

Colección: Nuevas Voces

Índice

La novela induce al pensamiento lógico, a la reflexión, a la identificación y a la conexión con algunas situaciones de nuestras vidas. Nos conecta con la realidad de nuestro entorno y con la de la sociedad actual.

Por amor es irnos más allá de nuestros intereses, es la actuación bajo la voz de la conciencia sobre lo que es correcto siempre impulsados a hacer el bien.

Por pecado actuamos solo para nuestro beneficio apartando lo recto y lo justo.

A mis hijos, Darrell y Josuel.

A mis padres, Octavio y Antonina.

Y a mis sobrinos, Josuel y Elvis.

Agradezco primeramente a Dios, quien ha hecho posible hacer realidad mis dos pasiones: enseñar y escribir.

Agradezco a mis hijos, familiares y lectores, quienes me han apoyado en hacer realidad esta pasión.

Espero en Dios que Por amor o por pecado llegue a los corazones de quienes lo tengan en sus manos y despierte en ellos el interés en la lectura en general, así como los lleve a cuestionar nuestras acciones o la forma de ver el mundo.

Advertencia de la autora

Es una novela extraída de la imaginación y ajustada a las vivencias de la sociedad actual. Cualquier parecido con su realidad es pura coincidencia.

Capítulo uno

Eco, un grito al viento

Rebeca y Pablo —ante los ojos de los demás— son una familia «normal», como lo son la mayoría de las familias comunes y corrientes, hijos sanos, estudiosos, obedientes, y respetuosos. Todo eso sucede bajo el sufrimiento que le causa el encierro a Rebeca.

Rebeca es respetuosa y dedicada a su hogar, esposo e hijos, no dedica tiempo para sí misma su mundo gira alrededor de su familia y lo fundamental para ella es que sus hijos sean felices a costa de su felicidad.

Pablo por su parte es controlador, machista y abusivo y lo fundamental para él es tener el control de su casa y de su familia.

Rebeca no trabaja porque según Pablo su oficio debe ser en la casa atendiéndolo a él y a sus hijos. A ella esta situación le molesta, pero accede a las imposiciones de Pablo por temor. Pablo no saca a Rebeca de paseo, ni de viaje, ni a fiestas, ni a reuniones, tampoco le permite el cultivo de amistades, ni conversaciones con los vecinos o los visitantes sin su consentimiento, está secuestrada en su propio hogar. Por otra parte, Pablo es sociable y divertido, su vida es plena y satisfactoria. Rebeca está cansada de la situación desigual, su esperanza es que sus hijos tengan trabajo y una casa para irse con ellos ya que por temor a Pablo y por el bienestar de sus hijos no se atreve a abandonarlo.

Un día —por pura casualidad— Rebeca se encontró con Mateo, un amigo de infancia, en el mercado, el único lugar al que podía ir sola a hacer compras. Conversaron un poco e intercambiaron sus números de teléfono.

Pronto su amigo Mateo le escribió porque se había sentido atraído por ella. Rebeca jamás había pensado en ser infiel, ni muchos menos abandonar a Pablo por otro a pesar de la desesperación que tenía por salir de su casa ya había aceptado su destino.

Pero el cansancio acumulado que tenía Rebeca por los golpes físicos y psicológicos, hicieron ver en Mateo la salida al mundo que siempre había anhelado. Ella quería salir de casa a distraerse y tener una vida normal. Mateo, poco a poco la sedujo, la hacía sentir confiada y segura, le decía que ella valía mucho y le hizo comprender que tendría una mejor vida.

Rebeca respetuosa y madura, habló con Pablo acerca de la situación, le dijo que se iría de la casa y que buscaría un trabajo con el fin de independizarse y dejar la vida tan controlada que tenía a su lado y que ya no soportaba.

Pablo reaccionó muy mal golpeándola y encerrándola con llave dentro de la habitación que ambos compartían, la mantuvo incomunicada y prisionera. Aprovechando la situación que había provocado revisó el celular de Rebeca, ya que tenía sospechas de que lo engañaba. Y en efecto, sus sospechas fueron corroboradas porque ella ya estaba interesada en otro en el cual había visto una salida, un escape de su «jaula de oro». Algo a lo que Pablo había contribuido con sus maltratos, groserías y esclavitud. Encontró en el teléfono los mensajes más recientes que Mateo le había enviado lo que hizo crecer más su furia.

Rebeca insistió en que la dejara en libertad, pero Pablo se resistía, le decía que no la dejaría ir ya que la quería pero a su manera y que haría todo para que no se fuera. Le tocó humillarse, rogarle y ofrecerle riquezas materiales que antes le había negado.

Para llamar la atención de Rebeca culpabilizarla y manipularla con el fin de retenerla, Pablo amarró una cuerda al techo para suicidarse. Al colgarse la cuerda cedió y Pablo cayó al piso ante la mirada de sus hijos que al percatarse de la situación frustraron el hecho, pero Pablo miró todo con mucha indiferencia y con un gesto despectivo se levantó y se retiró del lugar (como diciendo «ni lo miraré»). Sus hijos luego del suicidio fallido soltaron carcajadas al verlo tan ridículo y humillado y más para recalcar su cobardía manifiesta ya que por sus constantes abusos hizo infeliz a su mamá. Eran hijos buenos, pero resentidos con él. Ellos estaban conscientes de que lo había hecho con el fin de manipularla.

Pero a pesar de todo, Rebeca se mantuvo firme ante la decisión de abandonarlo. Un día Pablo bajó la guardia y Rebeca aprovechó y se escapó. Rebeca con el poco dinero que tenía encontró un lugar en donde vivir, pero vivía atemorizada ya que sus traumas no le permitían estar tranquila y confiada por este motivo cambiaba con mucha frecuencia de vivienda por temor a que Pablo la encontrara.

Pronto consiguió trabajo y obtuvo el apoyo de Mateo quien al verla sola y con miedo no dudó y formalizó la relación y le brindó todo su apoyo tanto económico como afectivo. Con mucho esfuerzo y emoción construyeron su casa, un lugar cómodo y acogedor en donde hoy día se respira paz y tranquilidad.

Pablo no valoró ni amó a la mujer maravillosa que tenía. Sus gritos no se los llevó el viento y quedaron haciendo eco en la cabeza de Rebeca a la cual dejó traumatizada. Los malos tratos la habían convertido en un avestruz, escondiendo la cabeza por miedo, por pena y por vergüenza, haciendo de su vida un verdadero infierno. Hoy Pablo vive las consecuencias de sus desatinos por lo que su casa y su vida están vacías.

A Pablo le quedó claro que solo se ama de una manera y se muere de muchas porque las que él había escogido no eran las aceptables.

¿Serías presa de un abusador por miedo o por temor?

¿Estás de acuerdo con el maltrato y la esclavitud de una mujer a cambio de compañía, esto se hace por amor o por pecado?

Capítulo dos

La soñadora Abril

Abril es atractiva e inteligente con su bello cuerpo de sirena que emana atracción y elegancia, es muy profesional, seria y a la vez carismática, tiene buen sentido del humor, su rostro proyecta humildad y confianza.

A Abril la ha marcado la inmadurez por la cual ha tomado decisiones equivocadas que han causado penas y tristezas en su vida. Buscando un poco de felicidad ha cometido muchos errores.

A pesar de todas las cualidades que tiene Abril no ha encontrado al compañero ideal ya que aquellos que la han buscado ha sido solo por conveniencia o por interés y no porque se den cuenta de que es excelente; debido a esto cuando ya lo reconocen es demasiado tarde porque ella si no ve interés instantáneo se aleja de inmediato y no acepta más desengaños ni decepciones. Abril cuando termina una relación amorosa no reincide.

Abril quiere paz y estabilidad cuando sostiene una relación amorosa, pero por alguna razón no las encuentra. Ha amado, mas aquellos seres que han despertado ese sentimiento vienen intoxicados. A su vida han llegado mentirosos, oportunistas, aprovechados, inmaduros, pero si alguno con cualidades distintas llega al final resulta contaminado, alejándola y quitándole así la paz interior.

A pesar de ser una profesional, sueña con emprender un negocio propio que le permita vivir con comodidad y estabilidad económica.

Abril sale de paseo, canta, ríe, cada día crece como persona, gusta de los dulces y el chocolate. Abril es romántica y apasionada, disfruta al máximo de la intimidad sexual y aunque tiene —en ocasiones— fantasías sexuales que la hacen sentirse excitada y mojada todos los días sufre por la soledad y calma sus deseos masturbándose. Es triste esa situación, pero la acepta porque piensa que es el precio que paga por los errores que cometió a causa de su inmadurez. Hoy que piensa que tal vez pudo haber encontrado a alguien diferente con quien pudo tener una relación estable y permanente hoy en día no puede estar con él por cosas que ocurrieron y que desataron una reacción en cadena.

¿Abril estará pagando alguna culpa y por tal razón no puede ser feliz?

¿Qué errores pudo cometer Abril para autocastigarse?

¿Dejarías todo para sentirte pleno(a)?

¿Disfrutarías a plenitud del acto sexual no amando a tu pareja o la persona con quien lo haces?

¿Abril reprime sus deseos y fantasías sexuales por amor o por pecado?

Capítulo tres

La historia de Adrián: un hombre engreído que vive engañado

La historia de Adrián, un hombre engreído que vive engañado

Adrián proyecta seguridad en sí mismo —según él— es un levanta pasiones y se da el lujo de que las mujeres lo busquen. De verdad tendrá sus razones para decirlo —pero en lo personal no veo en Adrián nada del otro mundo— sino todo lo contrario es feo y bastante inmaduro, esególatra y también un mujeriego. Por esa razón, Adrián ha tenido muchas relaciones fracasadas.

Adrián tuvo un matrimonio «normal» como cualquier otro, pero como ya señalé es bastante mujeriego y por tal razón perdió a su primera familia e inició luego una relación formal con Berta con la cual engañaba a su esposa Al poco tiempo de haberse divorciado de su exmujer, se unió en matrimonio con Berta, perfecta para él, o sea «santa Berta».

Se puede decir que Berta y Adrián canalizaban la misma energía. Adrián trabajaba y Berta no, pero ella siempre buscaba la forma de hacer dinero siendo muy activa y hábil para los negocios; cosa que enorgullecía a Adrián pues siempre tenían dinero y estabilidad económica.

Berta tenía tres hijos de su relación pasada y quedó embarazada de su ultimo hijo al cual llamó Adrián. La relación en apariencia caminaba bien —pero solo para Berta— porque ignoraba que Adrián mantenía relaciones con Carmen.

Carmen por su proceder contenía un cúmulo de antivalores: mundana, aventurera, materialista, sin visión, promiscua, alcohólica, taquillera y vulgar. Cuando Adrián conoció a Carmen le encantó su forma de ser ya que ella en las cantinas que frecuentaba les hacía sexo oral de manera pública por un par de dólares. La lujuria tal vez hizo enloquecer a Adrián que lo jugó todo y dejó a Berta con su hijo pequeño para convivir con Carmen, manifestándole la excepcionalidad de Carmen y su superioridad.

Todos sus conocidos o familiares comentaban el hecho y más porque Carmen muy reconocida en el bajo mundo de las cantinas y en los callejones por su peculiar sexo oral público, y por promiscua. Adrián la justificaba diciendo que todos merecen una segunda oportunidad. Esa frase le costó la mitad de vida a Adrián ya que estuvo muy arrepentido de haber tomado tan equivocada decisión. Carmen no ahorraba solo gastaba y gastaba el dinero a pesar de que Adrián, la había estabilizado nunca dejó la vida alegre y promiscua a la que estaba acostumbrada. Cayó Carmen del pedestal en donde la había colocado Adrián, quien le dijo que no le llegaba ni a los talones de su esposa, pero fue muy tarde para reconocerlo.

Estando con Carmen conoció online a Griselda y al poco tiempo se mudó con ella sin conocerla y también la subió en un pedestal teniéndola como la mejor, pero desconociendo su personalidad y su pasado ya que la razón por la cual Griselda estaba «soltera» es porque le había sido infiel a su exmarido. Adrián solo sabe lo que ella le muestra. En la cara se le ve la falsedad y —como a todas— Adrián también le es infiel.

¿Apoyas cómo se justifica Adrián diciendo que todos merecemos una segunda oportunidad?

¿Es atractiva una mujer promiscua y vulgar o fue Adrián un «carilimpio»?

¿Habrá idealizado Adrián a sus mujeres por amor o por pecado?

Capítulo cuatro

La historia de Samanta y Marck. Cuando el amor es más fuerte que la autoestima

Samanta no es muy agraciada. Esa condición la hace insegura y le produce baja autoestima, pero en lo profesional ha progresado y se limita a vivir el día a día: no cuestiona, no investiga, no indaga, solo ve y asume lo que se muestra frente a ella como cierto.

Samanta conoció a Marck desde muy joven, mucho antes de tener aspiraciones profesionales. Él estaba casado con Ingrid, una mujer con la que tenía tres hijos, pero eso no la detuvo para convertirse en su querida. Mantuvo con él una relación abierta sin considerar a su familia. Marck, por su parte, era tan sinvergüenza e irrespetuoso que tampoco le importó presentarla en público.

Tan fuerte se relacionaban Samanta y Marck que no les importó la creación de su propia familia a expensas del sufrimiento de Ingrid. Samanta tuvo dos hijos sumados a los tres que ya tenía su querido. Tanto Samanta como Ingrid sabían cada una de la existencia de la otra y de sus hijos. A pesar de las peleas constantes entre ellas, continuaban con la relación sin que les afectara en lo más mínimo.

Marck no apoyaba a Samanta en nada. No le brindaba respaldo en lo económico ni con sus hijos, ni en ningún otro aspecto La prioridad de Marck siempre fue la familia que tenía con Ingrid, a la cual nunca dejaba a pesar de tener una relación tan abierta y firme con Samanta.

Presionado, Marck se mudó con Samanta, pero su estancia se acortó, pues regresó con Ingrid a la que —en realidad— amaba. Él le hacía creer a Samanta que la había dejado y que solo estaba con ella y lo mismo le hacía creer a Ingrid. Su «juego del gato y del ratón» no le duró mucho, ya que Ingrid se enteró y detuvo el juego, asunto del que Samanta nunca se enteró.

Ingrid padecía una grave enfermedad provocada por su obesidad que le causó la muerte por lo cual Marck llevó a sus hijos a la familia que tenía con Samanta.

¡Buuum! Estallido total. Todo un volcán en erupción, porque Marck se equivocó. Samanta trataba muy mal a sus hijastros por la preferencia que él siempre había demostrado hacia ellos en desmedro de los suyos.

Vivieron en un apartamento tan pequeño que no le permitía a la pareja tener intimidad, ya que todos dormían en el mismo espacio. Marck no procuró un mejoramiento de la situación buscando otro lugar apropiado con más espacio y con privacidad para la intimidad con Samanta.

Marck prefirió iniciar otra relación con Aisha, una amiga en común y prima de Samanta. Eso terminó la relación entre Marck y Samanta. A pesar de seguir unido a ella y a sus hijos siguió su vida normal. Disfrazó su relación con Aisha ante los ojos de Samanta como una amistad antigua La traición llegó hasta Samanta y prefirió desoír lo que le decían y creer en la «amistad» que tenía con su rival y en las mentiras de Marck.

Tras muchos años de burlas y de traiciones ya con sus hijos grandes, Marck decide ponerle fin a su relación con Samanta y se mudó con Aisha. Haciéndole creer a Samanta que estaba viviendo con sus hijos en la casa, donde vivió con su difunta esposa. Por fin Samanta se dio cuenta de que no es así y que vive con Aisha, ahí es cuando acepta que todo terminó.

Cuando a Marck la insatisfacción —el egoísmo y la seguridad que tiene hacia sí mismo lo invaden— busca a Samanta haciéndole creer que todo va mal con Aisha y le dice que dejará a aquella para volver con ella. Lo peor es que Samanta lo cree y lo acepta haciéndose su querida otra vez. Ella les dice a todos que no está con él como la principal porque ella no quiere, pero lo que ella no sabe es que Marck nunca ha pensado dejar a Aisha y solo le interesa el juego del gato y el ratón al que ya está muy acostumbrado y Samanta siempre se lo ha permitido. Continúa siendo la otra —aunque esta vez es peor— porque después de ser la mujer principal ahora es solo un comedero, una segundona.

Samanta dice de manera tranquila que ella mantiene relaciones sexuales con Marck, porque —cuando él fue su marido— Aisha se acostaba con él.

No se comprende la razón por la cual Samanta mantiene una relación tan fuerte y profunda con Marck; ya que es poco atractivo, sin estudios, mal hablado, sin dinero ni recursos, dependiente de un salario mínimo.

¿Será por la baja autoestima que le provoca su aspecto físico? ¿Será por amor o por pecado?

Capítulo cinco

Tania, la transformación tras la superación

Cuando Tania sacó a su esposo de la casa lo hizo porque el marido incurría de modo descarado y recurrente en infidelidades.

Estuvo unida a su pareja infiel porque la mantuvo, costeándole todo. Tania reflexionó: el cuadro cambiaría y no seguiría con una relación que no funcionaba solo porque la sostenga, porque a pesar de un mantenimiento monetario había una merma afectiva para ella e igual para sus hijos.

Cuando su esposo salió de su vida ella retomó las cosas que había dejado pendientes, por ejemplo, la culminación de sus estudios. Antes de la separación estuvo toda una noche esperándolo y en ese lapso hizo su tesis. En lugar de rabiar o buscar la manera de vengarse por lo que había hecho, se sentó con determinación y terminó su tesis. El mismo tiempo que estuvo su esposo desaparecido fue el mismo que invirtió para la culminación de su tesis. Para ser más exacta y precisa la culminó en veintidós horas. Su mente estaba tan fría que solo se propuso a escribir, escribir y escribir, se dijo a sí misma: «esto tiene que cambiar y la única que tendrá que cambiar esto seré yo. Que él haga su vida que yo haré la mía».

Colgó en el estado de su teléfono y en su foto de perfil un cartel que decía «plan B», porque para ella el plan A había fallado: ser la esposa de ese señor. De ahí en adelante no se desmoronó para nada, cuando llegó el susodicho, conversó con él sin llegar a la violencia física, pero si a la verbal y le dio las razones por las cuales él tenía que irse de la casa diciéndole que ya habían pasado veinte años de matrimonio —fuera de los tres años de noviazgo— y que ya había pasado tiempo suficiente, para que decidiera ser el esposo y el papá ejemplar y no esa caricatura en la cual se había convertido con tantas infidelidades y despropósitos, pero solo quiso mantenerse como padre monetario y figurativo, porque nunca se desempeñó como el esposo abnegado y fiel.

Un esposo estará en todas las situaciones, en las buenas y en las malas y es donde no estuvo por decisión propia. En ese punto ella decidió sacarlo con firmeza de su vida para que viviera a plenitud en otra parte y sostuvo que ella no era quien, para hacerlo infeliz ya que no le pagaría con la misma moneda.

Así que le dijo: «vete y sigue disfrutando de tu felicidad que eso se aprecia, y si en esta casa alguien es feliz eres tú y como yo soy la que es infeliz me toca buscar mi felicidad, ya arranqué mi plan B y tú no estás en dicho plan así es que necesito que te vayas por las buenas, porque si es por las malas también te irás adonde estabas anoche pasándola muy bien allá te puedes devolver». Durante el fuerte intercambio de palabras llegó una tía del esposo, como intermediaria para que la situación no llegara a más. Así que, como conocía su carácter y sus decisiones, le dijo a su tía «vámonos» y se fueron los dos.

Tania le empacó en una bolsa muy bonita todas sus cosas, arregló todo de una manera decente, no le rompió, ni le dañó nada.

Todo lo que le correspondía se lo dio sacando algunos documentos importantes porque ella estaba más que clara de que se divorciarían. Le puso la bolsa en una esquina y le dijo que tenía tiempo para buscarla que no cambiaría la cerradura hasta que se fuera.

El esposo expulsado regresó a casa después de ocho días y buscó sus cosas. Regresó con una boleta de protección pensando que Tania tendría una actitud menos racional y se las negaría, pero con lo que no contaba fue que ya se las tenía empacadas, llegó con dos policías motorizados y con una patrulla, tal vez pensó que por su mal actuar como esposo, en su casa estaba «Chucky». Tomó sus cosas empacadas más otras que se encontraban en una habitación, subió a un taxi y se retiró.

En el closet en cada espacio en el que estuvo una camisa del recién marchado, ella colocó su ropa, en el mueble donde estaban los zapatos hizo lo mismo, la foto enmarcada del ido la retiró y puso una de ella con sus hijos. Se dijo, que esas eran sus prioridades sus hijos y su persona.

Tania continuó con sus estudios. En sus vacaciones en el año 2017 viajó a los Estados Unidos por dos meses, para ella aquella resultó la mejor decisión que tomó, se demostró así misma, que el mundo es más grande que aquel pequeño rincón —representado en su casa— limitara su vida y su mente. Le encantó lo que vivió allá.

Tania continuó estudiando, y luego de seis años alcanzó una especialización en docencia superior, una didáctica en inglés y un profesorado en diversificada, también desarrolló con esmero sus habilidades como estilista cosa que hace muy bien.

Aún continúa sus estudios para una mejor preparación profesional, ya que no dependerá de nadie y tampoco padecerá la misma situación en un futuro ya que el dinero de su exesposo constituyó un arma para el maltrato y la limitación, con el dinero la sostenía y la mantenía encerrada porque dependía a ciegas de su ex.

Se dio cuenta que la única diferencia que hay entre los géneros, es la misma diferencia que hace la sociedad y los gobiernos, con la discriminación laboral subestimando e infravalorando el pago al género femenino, por eso creemos que tenemos que depender de ellos.

Pero ella siempre ha dicho que estando preparada y con un buen ingreso se empoderará y logrará muchas cosas, porque el dinero es un «mal», pero es un «mal» necesario. Entonces por ese dinero que nosotras no tenemos, muchas se concentran en buscar a un ser que lo tenga o que tenga una buena posición económica. Allí empezó toda su canalización aceptando lo que había sido su realidad «yo estoy soportando todo esto por un cheque que dan en diciembre y porque devenga más que yo».

Tania recurrió a la instancia legal pertinente y presentó todos sus argumentos sobre la infidelidad de su esposo y necesitaba que le brindara la ayuda económica ya que dos de sus hijos presentan discapacidades, las autoridades decidieron que su ex debía continuar con la ayuda económica, ya que Tania se quedó con los niños, con los gastos y con la casa deteriorada. Aunque Tania siguió trabajando necesitaba la combinación económica para salir adelante. En el año 2018 le dijo a su ex, que no iba a ser la piedra de tropiezo para su felicidad y que con todo el gusto del mundo le concedía el divorcio, buscó su abogado y se divorció.

Hoy día es feliz la señora Tania o mejor dicho la Magister Tania, quien decidió pararse y no permitir nunca más que una pareja la pisotee.

La preparación le trajo nuevos amores, pasajeros, pero muy buenos. Se siente muy satisfecha y dice de manera muy inteligente: «se ha vivido siempre bajo la gracias de Dios, sin desesperación y con la mente fría, tomando decisiones positivas, olvidando e ignorando todo lo malo, borrando lo que se pueda borrar y conservando todo lo que nutre. Donde había un episodio malo, que le trajera dolor o tristeza a eso iba a la cocina le ponía azúcar, lo endulzaba y se lo comía, para después ver si lo podía defecar».

Tania está segura de que la felicidad está en uno mismo, y dice que se tienen que tomar decisiones, que, si el plan A, no funciona, entonces arranca el plan B, y si el plan B, empieza a dar dolores de cabezas arranca con el plan C, pero no te caigas ni te quedes allá abajo, y si lo vas a hacer hazlo como un sprint y para arriba de nuevo.

Tania, está convencida de que la soledad no es la mejor compañera, pero el amor propio que se tiene es tan grande que jamás se ha sentido sola, que ha hecho del espejo su mejor amigo. A ella no le importa quien no la quiera querer, quien no guste de ella, quien la mire mal o quien la critique, no le interesa, que sufran y lloren ellos, porque la gran seguridad que ella desarrolló la hace sentir muy segura de sí misma, aprendió a mantenerse siempre a la defensiva con todo, y más en la parte legal, ya que todos sus hijos son varones dice que cuando ellos se casen sus mujeres se volverán sus herederas, así como ella heredó la parte de su ex esposo, sus nueras podrán heredar las partes de sus hijos, y ella tiene que asegurarle el futuro a sus dos hijos con discapacidad.

Todas las personas ven en ella, el cambio físico y espiritual tan radical que ha tenido, como la paz y la tranquilidad emocional la llegaron a transformar. Al verla te das cuenta de su gran cambio, es ver el antes y el después.

¿Actuarías como Tania con mente fría o aguantarías todo por conservar tu posición económica, lo harías por amor o por pecado?

Capítulo seis

Penélope, sumisa y obediente

La vida de Penélope no ha sido fácil porque empezó a sufrir necesidades desde pequeña cuando aún vivía con sus padres. Hacia trabajos temporales por muy poca paga para salir adelante. La situación pareció mejorar cuando conoció a Share que se mostraba como un ser frío y de malas actitudes —dentro de la relación con Penélope— pero demostraba todo lo contrario con otras mujeres. Tenía un buen trabajo que le permitía tener un buen nivel de vida y la relación avanzó de modo regular —por un breve tiempo—, pero tras el embarazo de Penélope se vieron obligados a vivir juntos.

Si Penélope sentía desde pequeña que no tenía una vida fácil estaba equivocada porque cuando comparaba la vida que vivió con sus padres con la vida que tenía junto a Share; entonces se dio cuenta que junto a sus padres vivió en un paraíso porque la convivencia con Share resultó un verdadero infierno. Grosero, patán y violento con ella, la trataba como a una inútil y como si le perteneciera. Share hacía con ella lo que le daba la gana, la concebía como un juguete al cual manejaba a su antojo, sus gritos, groserías y malos tratos llenaron a Penélope de temores.

Lo más extraño de todo es que «cuentan por ahí las personas que lo conocen bien» que Share es un pendejo con las mujeres y que ellas lo tienen de paganini, que con otras es tímido y respetuoso y demasiado diferente con Penélope.

Penélope nunca sintió felicidad ni satisfacción a su lado y los hijos la atraparon en ese infierno al que llamaba vida. Con el paso del tiempo todo empeoraba, nada cambiaba a favor de ella, vivía muy infeliz a su lado, en pocas palabras la convirtió en su esclava.

Un día de una manera muy peculiar conoció a Thomas una persona estable, en términos financieros, pero comprometido en una relación de unión libre con Mónica. La atracción entre Penélope y Thomas fue mutua y quedaron flechados. Entre miedos y temores Penélope aceptó una relación sentimental con Thomas, la cual desde el inicio iba muy bien hasta que Share se enteró. Pobre Penélope por todo lo que pasó. Esa era la puerta que necesitaba para salir de aquel infierno en el cual vivía.

Se separó de Share y se fue de la casa dejando a sus hijos ya mayores de edad con él. Thomas no la abandonó y la acomodó en una casa, pero no convivió con ella. Thomas siguió, de modo simultáneo, su relación con Penélope y con Mónica.

A pesar de su relación de «querida» con Thomas Penélope se siente sola, infeliz y amargada. Él no la visita con frecuencia, ni va con ella de paseo porque ama y respeta a Mónica. A Thomas no le gusta que Penélope salga de la casa y menos le permite que se relacione con los vecinos, cuando ella sale es a escondidas o diciéndole mentiras.

¿Por qué si Share se comportaba como un ser bueno, tímido, noble, paganini y de buenos sentimientos con otras mujeres, era tan diferente con Penélope?

¿Convirtió Penélope a Share en un abusivo por su condición de sumisión y obediencia?

¿Por qué Penélope no actúa de manera diferente con Thomas y le permite que actúe con ella —en algunos aspectos— como lo hizo Share, será por amor o por pecado?

Capítulo siete

Entre los miedos y el qué dirán

Ángelo es un joven educado y muy seguro de sí mismo. Es apuesto y carismático. Desde que era pequeño no le ha costado ningún esfuerzo hacer nuevas amistades. Es el amor de la vida de sus padres y la admiración de sus familiares y amigos.

Durante la etapa de su adolescencia, se dio cuenta de que tenía gustos muy diferentes a los de sus hermanos y amistades, pero siguió su vida con normalidad sin prestarle la menor importancia. Años más tarde, se casó con Saray, una joven muy sana y hermosa que conoció en su lugar de trabajo. Todo empezó de maravilla: una pareja joven con ganas de vivir al máximo su amor. Así fue durante un año y medio.

Sin embargo, Ángelo empezó a sentir angustia e insatisfacción, pues ya no se sentía a gusto con Saray y, además, sentía que algo le faltaba para sentirse completo. Por tal motivo, la relación llegó a su fin. Al cabo de unos meses retomó la relación con Paola, quien fue su novia en el pasado y a quien había conocido desde la primaria pensando que era a ella a quien en verdad amaba y que por tal razón no pudo ser feliz con Saray. No obstante, tampoco funcionó y decidieron poner fin a la relación quedándose con el gran amor y amistad que habían sentido desde niños.

Durante unos meses, Ángelo se quedó soltero buscando una explicación a lo que le estaba pasando y que lo mantenía en la depresión. Siguiendo los consejos de sus padres y de algunas amistades, empezó a salir con sus amigos, con los cuales compartía buenos momentos y con quienes se sentía a gusto. Pero Ángelo estaba muy lejos de pensar lo que le sucedería y que cambiaría su vida para siempre.

En una de las salidas que se habían hecho ya muy constantes conoció a Jeison, un joven guapo y fortachón con unos pectorales que llamaban la atención de todos. Jeison se unió al grupo de amigos con gran rapidez y empezó a formar parte de ese círculo de amistad que los unía y los hacía vivir inolvidables momentos. La amistad entre Ángelo y Jeison se hacía cada vez más fuerte, ya que ambos compartían momentos fuera del círculo amistoso como ir juntos al gimnasio, a bares y a discotecas. Ángelo se sentía muy bien, pues tenía a una persona con la que podía compartir sus mismos gustos y secretos.

La convivencia los hizo tan unidos, que pronto la relación de amistad empezó a transformarse en apego y deseo. Ángelo se sentía desconcertado, porque comenzó a sentir por Jeison una atracción inexplicable, la cual callaba para no alejarlo ni romper con la amistad, al igual que ignoraba que Jeison sentía el mismo afecto por él. Sin embargo, en una salida de amigos ambos se sinceraron y confesaron sus sentimientos. Tanto Ángelo como Jeison decidieron mantener la relación en secreto por miedo a los prejuicios, a la homofobia, al rechazo de sus familias y amigos y al qué dirán. Siguen frecuentando a sus amigos y compartiendo los buenos momentos como siempre, pero con mucha discreción.

Ángelo siente terror de decirle la verdad a sus padres por miedo al rechazo, al desprecio, y a que lleguen a sentir vergüenza por él, así que continúa viviendo su relación a escondidas. Pero no logra ser feliz y vive de apariencias bajo la sombra de ese joven que alguna vez fue feliz en un matrimonio, en donde se sintió enamorado y amado por una mujer. De esta manera, cumple con las normas de aceptación que le impone la sociedad, sus padres, sus compañeros y sus amigos.

¿Influye tu inclinación sexual en tu vida personal, laboral o en tu círculo de amistad?

¿Ángelo finge y vive una vida de apariencias para ser aceptado por amor o por pecado?

Capítulo ocho

La tercera casa a la izquierda
con la luz apagada

La señora María Lisa, no estudió, nunca asistió a la escuela y tampoco tuvo un empleo formal. Su marido Fidel estaba en las mismas condiciones que ella, llevaba los gastos de la casa dedicándose a la caza y a la agricultura. María Lisa tenía una hija y un hijo de su relación anterior, Fidel no tenía hijos. María Lisa y su marido no procrearon ya que con su segundo parto tuvo complicaciones serias quedando imposibilitada para volver a embarazarse cosa que desconocían. Ella soñaba con quedar embarazada y darle hijos a Fidel, sus sueños se vieron apagados con el pasar de los años porque no quedaba embarazada.

Sus dos hijos ya eran adolescentes y Mari Lu se había convertido en una jovencita muy hermosa. Fidel no veía a su hijastra con malicia, ya que solo la veía como a una niña que siempre la cuidó y la respetó, pero la frustración de María Lisa por no haberle dado hijos los llevó a cometer un gran pecado.

María Lisa pensó que si ella no podía darle hijos a Fidel su hija Mari Lu si podía dárselos. Se convirtió en esa vocecita que induce hacer lo malo y despertó el lado oscuro de Fidel. Una noche María Lisa llevó a su hija a su recámara en donde estaba Fidel esperándola, la dejó allí para que este la hiciera su pareja y la embarazara, mientras ella esperaba en la sala tomándose una taza de té.

Así Mari Lu vio interrumpida su inocencia y sus estudios que apenas iniciaba en la secundaria, los cuales no eran importantes para su mamá. Quedó embarazada y tuvo un varón, que resultó el orgullo de María Lisa y de Fidel, Mari Lu lo entregó y se marchó de la casa en busca de una mejor vida, tratando de olvidar el trauma causado por su mama y su padrastro.

Pasaron siete años y el sueño de María Lisa se había cumplido, le había dado un hijo a Fidel, ya que le hizo creer al nieto que ella era su mamá. Lo Cuidaba y sobreprotegía tanto que no lo dejaba salir de casa, ni jugar con otros niños, mucho menos le permitió ir a la escuela, para evitar que sus compañeros lo agredieran, lo mantuvo aislado de la sociedad.

Nunca le importó la suerte de Mari Lu para ella su alejamiento era lo mejor. Así que le dio al niño la formación que ella creía la correcta. El niño creció en la completa ignorancia.

Fidel hijo creció convirtiéndose en todo un hombre. Ermitaño y primitivo le temía a todas las personas, se escondía y corría espantado cuando las veía.

María Lisa enfermó y murió y ya Fidel padre estaba viejo y cansado, así que Fidelito como todos les decían tuvo que relacionarse a la fuerza con las personas. Poco a poco fue saliendo de su cautiverio y a socializar.

Fidelito conoció a Gisella, una profesional proveniente de una familia acomodada, una relación que para todos constituía motivo de críticas y murmuraciones por la gran diferencia social que los separaba, ambos se acostumbraron a vivir sin prejuicios por algunos años hasta que Gisella tuvo que alejarse ya que se sentía atrapada en un lugar demasiado pequeño para ella. La separación fue muy dura para Fidelito, aquella su primera relación por la que sufrió mucho al quedar solo. Durante ese proceso murió su padre algo que hizo que Fidelito ganara más seguridad y confianza en sí mismo, atreviéndose a enamorar y a conquistar a algunas chicas.

Conquistó a Vielka, mucho mayor que Fidelito, sin ningún tipo de estudio, y con una hija pequeña. De la relación nació Arturo, Arturito, como lo llamaban sus padres y amistades. Al igual que Fidel, Arturito no estudió, aunque su vida social resultó muy diferente a la de su papá.

Para Fidel y Arturito los estudios no fueron importantes y para Vielka tampoco, ella hizo, de manera coincidencial y curiosa, con su hija adolescente Natali lo mismo que había hecho su mamá-abuela María Lisa con su hija Mari Lu. Vielka aceptó que su hija de tan solo catorce años mantuviera relaciones con una «pareja dispareja» que le doblaba la edad, siendo casado y con hijos con el fin de que Natali se embarazara ya que la jovencita se había encaprichado con él porque estaba acomodado en el aspecto económico.

La hija de Vielka (Natali) y Arturito también crecieron en la ignorancia, pero bastante integrados a la sociedad. Ambos tienen su propia familia con personas de mentalidad muy distinta a las suyas, que ven a los estudios como el único camino para salir de la pobreza material y mental. Natali y Arturito han decidido encender la luz, dándole a sus hijos la educación a la cual tienen derecho, para así romper con la cadena que aún mantiene a la tercera casa a la izquierda con la luz apagada.

¿Le ofreció María Lisa su hija a Fidel por amor o por pecado?

Capítulo nueve

La historia de Josefa y Miguel: La dependencia. El cambio a su ritmo de vida la hizo vulnerable y dependiente

Josefa está frustrada y amargada por el irrespeto y por la infidelidad de su marido Miguel. Es humillada y maltratada en los aspectos físico, verbal y psicológico. A pesar de eso cree a ciegas en el matrimonio y en la frase «hasta que la muerte los separe». Está convencida de que permanecerá a su lado pase lo que pase, porque algún día él cambiará y habrá valido la pena todo su sacrificio.

Miguel no es un buen esposo porque es infiel, irrespetuoso, violento, presumido, vanidoso, materialista, parrandero, déspota, descarado y sinvergüenza.

Piensa que el dinero lo puede todo y por eso se siente grande y poderoso. Demuestra que, como persona, no tiene ningún valor espiritual y que solo vale por su dinero.

Es mezquino con Josefa, pero no con otras mujeres. Poco le importa el gasto ya que presume de todo lo que tiene.

Josefa fue alegre y fuerte de carácter, pero cambió sus sentimientos y sus obras y se convirtió en lo opuesto a lo que es Miguel. Ahora es sumisa, temerosa, dependiente y tapiada en cuerpo y alma. Josefa le ha aguantado a Miguel todo tipo de irrespeto, gritos, infidelidades, maltratos e hijos fuera del matrimonio. Josefa es hermosa, pero demasiado pendeja, pasiva e insegura para Miguel. Ella no tiene carácter y es muy inmadura.

Cuando están peleados es obvio porque —de modo simbólico— se quita el anillo de matrimonio y cuando están «de paños y manteles» lo presume. Josefa le cuenta los problemas que tiene en su matrimonio a todas las personas —que cree ella— la ayudarán y deja en evidencia la situación de la relación ante cualquiera o escucha los consejos que le dan: «Que no deje a su marido y que luche por su matrimonio».

Josefa se queja mucho y critica a los demás, aunque casi siempre hace lo mismo que juzga y para ella es normal.

A pesar de ser humilde aparenta y demuestra que también tiene las mismas cosas y es mejor que los demás; igual presume que está en mejor condición que aquellas personas a las cuales critica.

Josefa y Miguel no tienen hijos en común, ya que ambos expresan y manifiestan no sentir amor el uno por el otro. Miguel es muy cínico y le es infiel con cualquier tipo de mujer, hasta con sus vecinas y compañeras de trabajo. Denigra a Josefa y no le da lugar, valor ni respeto alguno. Por su inmadurez, Josefa se comporta como chiquilla y por esa razón Miguel la trata como tal. Ella se muestra feliz cuando él muestra algún tipo de interés y atención.

A pesar de aparentar y demostrar no amarse y de llevarse tan mal, comparten la misma cama y habitación.

Josefa desea que él se vaya de la casa y que le conceda el divorcio, pero no se atreve, no se decide ni le dice porque solo toma esa actitud cuando está enojada. Y él a pesar de que tiene otras tampoco se va porque sabe bien cómo la manipula y la mantiene tranquila con regalos y dinero.

Miguel tiene un empleo mediocre, no obstante, viven con demasiados lujos lo cual para todos lo que lo conocen es extraño menos para ella que justifica sus ingresos.

Josefa es como la marea en los malos tiempos, sube y en los buenos, baja.

¿Qué intereses en común los mantendrá unidos?

¿Será el certificado de matrimonio las apariencias y el qué dirán?

¿Están juntos, pero no revueltos por amor o por pecado?

Capítulo diez

La historia de Catalino y Susana. Todo por la unión de la familia

Catalino y Susana son un matrimonio de juventud relativa tienen un hijo y un nivel de vida de clase media alta que le permite vivir con comodidades.

Catalino trabaja en una empresa, en donde desempeña un alto cargo. Susana, por su parte, trabaja en relaciones públicas en una exitosa compañía.

Como la «mayoría de los seres humanos» Catalino no es fiel y más por el cargo que ocupa que lo mantiene en contacto con muchas mujeres y con mucha frecuencia lejos de su hogar. Lo contrario es Susana que de vez en cuando comparte con amigos y compañeros de trabajo ya que se ocupa de su niño y de los quehaceres de la casa, por tal motivo, ella no quería tener más hijos ya que entre su trabajo y los quehaceres la mantenían muy ocupada; al contrario de Catalino, quien sí quería tener una gran familia.

Cierto día Catalino conoció a, Antonia esbelta y joven, muy diferente a Susana. Ella estaba soltera y con ganas de formar una familia, poco le importaba si destruía o no un hogar eso y otras cosas más despertaron en Catalino su interés.

La relación entre Catalino y Antonia creció con mucha intensidad por lo que su matrimonio con Susana decayó. Catalino no ocultó más lo que sentía por Antonia e hizo la relación pública. A Catalino ya no le importó el daño que le causaba a su esposa e hijo porque su deseo se sustentaba en ser padre de otros hijos. Susana se alejó de él como pareja aunque compartieron por un tiempo la misma casa que —por su trabajo y por su relación con Antonia— frecuentó en adelante muy poco.

El matrimonio se acabó cuando Antonia quedó embarazada y eso alejó a Catalino de su primera familia. Como «toda escoba nueva barre bien» así fue la relación de Catalino con su nueva pareja, al mismo tiempo, Susana continuó su vida con el dolor de la separación y la responsabilidad de sacar a su hijo adelante sin que le afectara la situación.

Una relación formada bajo la desintegración de un hogar, bajo el sufrimiento y las lágrimas de los hijos y de una esposa devota y comprometida con su hogar y familia —no funcionará— tarde o temprano todo se devolverá el mal ocasionado y así sucedió con Catalino y Antonia ya que los problemas empezaron a llegar y más pronto de lo que podían imaginarse terminó la relación.

Catalino retornó a su vida familiar con Susana. Ella lo perdonó y así continuaron con su matrimonio. Al cabo de un tiempo, Susana quedó embarazada de nuevo cumpliendo así los sueños de Catalino de tener una familia numerosa. Hoy en día Catalino vive feliz al lado de Susana y de sus dos hijos, dándole una manutención al hijo que tiene con Antonia. Susana se siente satisfecha de haber fortalecido a su familia con la llegada de su nueva hija.

¿Perdonarías a tu esposo conociendo sus infidelidades y aceptando un hijo fuera del matrimonio?

¿Te embarazarías para complacer a tu marido o para fortalecer tu matrimonio?

¿Si algo le pasara a la mamá del hijo que tu esposo tuvo fuera del matrimonio, te encargarías de él?

¿Susana perdonó a Catalino y se embarazó por amor o por pecado?

Capítulo once

La historia de Sara Lupe Girón.

La mujer perfecta solo vive en su cabeza

Sara Lupe siempre ha estado muy segura de sí misma porque su personalidad y forma de ser la hacen alguien muy especial. En su juventud tuvo la suerte de conocer a Osvaldo: era amable e inteligente, con buenos sentimientos. Osvaldo tenía un hijo de su relación anterior del que se hizo cargo desde su nacimiento.

Cuando formalizó su relación con, Sara Lupe Osvaldo llevó a su hijo con ellos, pero ella desde un comienzo sintió desprecio y rechazo por aquel hijo; sin embargo, fingía agrado y simpatía por él —en presencia de Osvaldo—lo trataba con mucho cariño, pero en su ausencia lo humillaba, lo reprimía y lo insultaba siendo muy grosera y violenta con el trato. Sara Lupe y Osvaldo no tuvieron hijos ya que ella es estéril.

Sara Lupe aparentaba elegancia y extroversión, su personalidad llamaba la atención por lo extravagante y eso le gustaba a Osvaldo que la presumía con sus amistades esto la enaltecía ya que por presumida, y vanidosa significaba un bálsamo para su egocentrismo.

El tiempo pasó y Sara Lupe continuó con los malos tratos, y aquel niño se convirtió en un adolescente frustrado, traumado, reprimido sin amistades mientras ella seguía fingiendo su amor y simpatía. Ella no trabajaba, dependía de Osvaldo por lo cual se daba el nivel de vida que siempre anheló.

Sara Lupe es amargada, mentirosa, falsa, mala y no es loca, pero está desconectada de la realidad. Ella —en su entorno— se inventa una personalidad distinta a lo que es o vive y por su forma tan especial de ser no se lleva bien con nadie y ni su propia familia la soporta.

Los problemas con Osvaldo llegaron cuando reconoció como maltrató a su hijo. Continuaron así por mucho tiempo procurando el mejoramiento de la relación para lo cual buscaron un lugar más adecuado donde vivir —propio de la personalidad de Sara Lupe— pero el problema residía en ella misma por tan peculiar forma de ser.

El adolescente cumplió la mayoría de edad y se convirtió en un vicioso delincuente, situación que a Sara Lupe no le importó porque nunca le dedicó tiempo y ni siquiera le ofreció un poco de afecto. Buscó empleos mediocres y se mantuvo fuera de la casa. Siendo ya Osvaldo hijo un delincuente llevó muchos problemas a la casa lo cual hizo que Sara Lupe abandonara a su esposo vendiendo a escondidas la casa, el auto y todas las pertenencias. Con el dinero que obtuvo por tales ventas se mudó a otro lugar donde encontró un empleo temporal el cual le permitió una vida lujosa.

Sara Lupe mentía todo el tiempo, no hay verdad que se le pueda creer y en el trabajo se creía superior a todos —por tal razón causaba muchos problemas— y se ganaba el desprecio de todos.

Había tenido una buena pareja y la había perdido y ahora busca a un compañero para su vida.

Retomó Sara Lupe la relación con Miguel —con el que tuvo una relación de pareja clandestina cuando estuvo con Osvaldo— ambos eran especiales por su forma de ser, pero con Sara Lupe nadie puede por su manía de falsa perfección y por creer que todo lo sabe es muy conflictiva. Terminaron la relación de pareja y se mantuvieron como amigos con derecho.

Sara Lupe se cree sensacional, «la última gota de agua en el desierto» que todo viajero desea. Según ella tiene el mejor cuerpo que jamás se haya podido haber en el mundo y por eso no hay ser que se le resista; según ella todos la miran, la pretenden y desean. No hay nada —eso cree— que no pueda hacer es una «súper maravilla». Ella ha sido —en su egolatría desmedida— la mentora y líder de todos los superhéroes. Solita se sube a las nubes y se alaba como político en campaña electoral.

Ahora está sola y busca un compañero de vida. Desesperada va de un lugar a otro en busca de él, pero por razones obvias no encuentra a ese ser tan perfecto como ella. La edad le está cayendo encima y sus actitudes son aún peores que antes con sus familiares y amigos. Sigue mintiendo sin darle ningún tipo de vergüenza cuando se le descubren sus mentiras. Vive una vida muy diferente a su realidad. Pues se ha construido un mundo con maquetas de cartón en donde solo vive imaginando que toda su mitomanía es real.

¿Sería ese familiar o amigo tuyo el perfecto para Sara Lupe?

¿La maldad y la perversidad de Sara Lupe Girón fueron por amor o por pecado?

Capítulo doce

La historia de Euclides, un hombre bueno

Euclides, siempre ha sido bueno siendo joven se casó con Edith que también era buena y tuvieron a Manuel. Euclides solo culminó un nivel secundario ya que no cursó la universidad, pero eso no le restó méritos para que se convirtiera en un excelente y responsable trabajador.

Con el paso de los años se manifestaron los problemas por infidelidades y se separó de Edith estableciendo una relación formal con Mara con la que tenía ya una hija. Mara tenía ya cuatro hijos de relaciones pasadas y no se ocupaba de las necesidades de Euclides ya que solo lo veía como un proveedor.

A pesar de ser bueno a Euclides le gustan los bares y tomar cervezas por lo cual se encuentra allí con mujeres que solo lo usan por su posición. De esa manera conoció a Yina con la que se mudó y por la que dejó a Mara. Yina —menor que él— tenía ya dos hijos pequeños de los cuales Euclides se responsabilizó en crianza y mantenimiento.

Yina, venia de una familia conflictiva y sus hermanos eran todos delincuentes y su mamá no mostraba ninguna preocupación por ellos por la educación libertina con la que los crió. Desde el principio Yina mostró un gran interés por los juegos de azar y Euclides no le prestó la mayor importancia ya que se sentía muy atraído por ella y lo veía todo de manera natural.

Con el tiempo la adicción de Yina por los juegos creció al punto tal que descuidó a sus hijos para meterse en los casinos o casas de juegos clandestinas. En algunos momentos Euclides iba con ella —para hacerle compañía— sin darse cuenta de la grave adicción de Yina.

Pasaron unos años y la adicción de Yina por los juegos creció aún más ya que Euclides le daba el dinero a manos llenas y sin límites, ingresos que debían ser utilizados para cubrir los gastos de la casa y de sus necesidades, pero eso a ella no le preocupaba ya que su prioridad eran los juegos de envite o azar.

Euclides le dio a Yina el control total de sus tarjetas y finanzas y ella no hacia un buen uso de los recursos porque todo lo gastaba en casinos y casas de juegos clandestinas: no compraba ropa, ni comida, tampoco cubría los servicios como luz, agua e internet, cocinaba con lo que—todos los días con engaños— le quitaba a Euclides y así compraba la comida en la tienda del chinito.

A pesar de todo eso Euclides le hacía regalos costosos como prendas y ropas de marcas reconocidas, mientras más le daba, más gastaba. Se convirtió en una jugadora compulsiva, empeñaba los artículos de la casa por el juego como el televisor, los celulares, sus prendas y los relojes de Euclides, el teatro en casa, las bocinas con USB, el microondas y lo que no podía empeñar lo vendía. Muchas cosas Euclides las recuperaba de las casas de empeño y otras se perdían, y aun así continuaba dándole el dinero sin ningún control.

La situación se agravó cuando Yina no tenía dinero para sus apuestas lo buscaba prestado con desespero. Yina pedía en préstamos grandes cantidades a diferentes personas, las discusiones y peleas en la casa eran constantes por la adicción de Yina y cuando Euclides no tenía dinero para darle lo amenazaba con un cuchillo y le exigía que lo buscara prestado.

Yina descuidó aspectos tan importantes como: lavar, cocinar, estar, en casa, arreglar o limpiar los dejó a un lado. Cuando Euclides quiso imponer el orden y el control ya era demasiado tarde. La ludopatía estaba avanzada así que Yina le robaba las tarjetas y le sacaba todo el dinero inventando situaciones como enfermedades y seguía buscando grandes cantidades prestadas a sus espaldas.

Se cansó, Euclides de la adicción de Yina, y la abandonó, ella no podía creer lo que le estaba pasando, jamás imaginó que la dejaría entonces lo buscaba, lloraba, le rogaba, hacía sentir lastima y hasta fingía sufrir por su abandono, A veces Euclides caía en su engaño y le seguía dando grandes cantidades de dinero hasta que decidió mudarse de nuevo para perder todo contacto con ella, aun así lo seguía llamando por teléfonos que buscaba prestados, en su desesperación de haber perdido a su banco personal, a «la gallinita de los huevos de oro» por lo que decidió vender el apartamento en donde vivía y un terreno de su propiedad, que había adquirido gracias al empeño e interés que puso Euclides.

Hoy en día con ayuda de Manuel, Euclides se ha ido recuperando, tiene un carro, una casa, ha comprado mucha ropa y todas las comodidades que —durante su relación con Yina— le faltaron o se perdieron.

¿Fue Euclides, consciente o inconsciente al colaborar con la adicción de Yina hizo eso por amor o por pecado?

Capítulo trece

La historia de Libia y Daniel.

Una relación llena de engaños, mentiras y traiciones

Daniel desde pequeño fue guapo y atractivo con unos ojos tan encantadores como la miel y unos labios rosados y tentadores. Daniel representaba el prototipo físico deseado por las mujeres ya que además de trabajador y ahorrativo, se encargaba de los quehaceres de la casa y procuraba que no le faltara nada y menos los alimentos para su familia.

La historia de Daniel y Libia empezó hace 20 años atrás cuando viajó desde su tierra natal hasta la provincia donde vivía Libia en busca de un mejor futuro ya que en su tierra no tenía oportunidades. Salió de su pueblo en compañía de doña Trina, una maestra que al ver su esfuerzo e interés simpatizó al instante con Daniel acogiéndolo como un hijo más. Doña Trina lo llevó a vivir con su hijo que vive en la misma provincia que Libia.

Por su gran atractivo físico Daniel tenía a muchas chicas interesadas en él se sentía halagado y confundido y no sabía a cuál elegiría puesto que casi todas eran de su gusto lo que motivaron las indecisiones e infidelidades posteriores, que posibilitaron la historia amorosa entre Daniel y Libia.

Daniel inició una muy bonita relación con Emilia, una joven linda y humilde joven, creyente de las cosas de Dios y muy atractiva. Todo marchaba de maravillas la pareja, al parecer, se amaba y eran felices al punto de planear su matrimonio. Unos meses antes de la boda que coincidía con el mismo día del cumpleaños de Daniel, unieron sus cuerpos desnudos e hicieron muy enamorados por primera vez el amor. Para Emilia constituyó el sello de su compromiso creyéndose ya la pareja de Daniel y con esa prueba estaba segura de que nadie los separaría.

Pero que equivocada estaba Emilia ya que el encanto de Daniel no solo la cautivó a ella pues se cruzó Libia en su camino y hasta ahí llegó su feliz historia de amor. La atracción inmediata entre Daniel y Libia incidió en la decisión de permanecer unidos desde aquel momento. Se alejó de Emilia dejándola desecha con sus sueños y planes de boda porque Libia había quedado embarazada.

Libia y Daniel vivieron en la casa de los padres de ella mientras construían su propia casa y con el paso de los años la pareja parecía ser feliz, ambos trabajan y a la vez ella seguía estudiando en la universidad mientras criaba a su hija. Pasaron unos años más y tuvieron a su segunda hija que colmó el hogar de más felicidad porque fueron la adoración de Daniel. No crean que el encanto de Daniel se perdió cuando conoció a Libia quedó latente como al principio, pero supo cómo ocultarlo ante ella.

Daniel traicionaba a Libia cada vez que podía y eso traía mucho conflicto entre ellos porque a pesar de que Libia nunca lo comprobó, llegó a sospecharlo y a sentirlo muchas veces por ese maravilloso detector que tienen las féminas llamado «sexto sentido». Aun así, él jamás la descuidó y a sus hijas tampoco, siempre pendiente y atento de su hogar y de todas las necesidades, cocinaba, limpiaba, lavaba, cuando tenía turnos en el trabajo o días libres se ocupaba de las niñas. Daniel hacia toda la reparación de la casa, siempre pendiente con el consumo de los alimentos para ir supliendo la despensa.

Entre pleitos e infidelidades y demás aconteceres cotidianos nació su tercer hijo un hermoso niño con cabello castaño claro y ojos color miel, pero los problemas no paraban por una u otra razón.

Libia por algún motivo no soportaba que Daniel la tocara y este al estar tan enamorado de ella la deseaba cada día más. Daniel en las mañanas al verla desnuda la tiraba a la cama con desesperación para hacerle el amor, pero ella se volvió mucho más fría en la cama. Libia le montó una trampa en complicidad con su hermana que al parecer la envidiaba por la vida tan cómoda que tenía al lado de Daniel. Le pusieron una denuncia por violencia doméstica con lo cual lo sacó de la casa por la «seguridad» de Libia.

Esta expulsión de su casa fue para Daniel lo peor que se pudo haber imaginado ya que nunca pensó separarse de Libia y muchos menos de esa manera. Lloraba, se emborrachaba por despecho y sufría en lo más profundo el abandono. Mientras ella juraba no querer saber nada más de él, en toda su vida. Contando con su hermana como aliada llegó a robarle mucho dinero lo cual causó mucho enojo en Daniel por sentirse traicionado.

Como bien dicen «cuando el hambre toca, aunque no se quiera hay que abrirle la puerta» y así tuvo ella que regresar con Daniel ya que se había enfermado de COVID y Daniel fue el único que estuvo a su lado para ayudarla.

Daniel cambió muchísimo con ella y le dedicaba más tiempo que por su trabajo, salidas con los amigos y otras actividades había dejado de dedicarle. Durante esta etapa llevaba a la familia de paseo y resultó mucho más hogareño y a la casa regresó la abundancia ya que con la salida de Daniel había desaparecido. Pero Libia no estaba contenta con eso, lo quería lejos de su vida, porque no soportaba tener intimidad con él, sin importar los graves problemas a los que sin él podría enfrentarse volvió a acusarlo de violencia doméstica por lo que lo sacaron otra vez de la casa con orden de alejamiento por mucho más tiempo.

Lejos Daniel empezó a hacer su vida a escondidas porque así recibía beneficios como: pedirle grandes cantidades de dinero además de la manutención de los niños y el abastecimiento pleno de las necesidades de la casa.

Libia salía todos los fines de semana —se iba sin dar a nadie razones—dejando a sus dos hijos más pequeños al cuidado de la mayor y las salidas cada fin de semana se volvieron cada vez más continuas causando las sospechas de Daniel y cada vez necesitaba más dinero lo cual se lo pedía sin reparo.

Libia confió a su familia el motivo de sus salidas los fines de semana, y le llevó la pareja oculta con la cual había mantenido una relación prohibida desde hacía muchos años, ésta la inició cuando la relación con Daniel todavía iba bien, mas no supo cómo seguir ocultándolo al llevarlo a casa de su familia y publicarlo, Daniel se enteró. ¡Ayayay, ayayay, ayayay! Pobre Daniel, que dolor más grande y profundo le causó Libia con esa relación clandestina, que rabia, que rencor. Daniel decepcionado, enloqueció, todo oscureció a su alrededor, y por instantes quiso morir porque jamás pensó que su maravillosa, sensual y hermosa mujer lo había reemplazado y que tuviera ahora otra pareja, y más aún que lo hubiese engañado.

De todos los problemas que tuvieron y de las malas acciones que ella hizo en su contra, nunca imaginó que el motivo de quererlo lejos de su vida fuera la existencia de un amante. Libia continúa con su nueva pareja de lo más feliz, pero siempre anda limitada de dinero porque al parecer su nuevo amor no la ayuda, pero las consecuencias que trajo al publicar su nuevo amor es que perdió a «la gallinita de los huevos de oro», el cual ha puesto un stop.

Daniel por el momento está muy dolido y quiere ignorarla, pero sus acciones demuestran todo lo contrario y ha decidido vivir a plenitud su vida de soltero sin tomar en serio a nadie así esperará que a Libia le vaya mal con su nueva pareja o con las que decida tener. Cuando eso suceda estará libre y no tendrá ningún impedimento para la reconciliación aun sabiendo que Emilia sigue amándolo como el primer día.

¿Fue Libia astuta e inteligente al mantener durante tantos años oculta su infidelidad?

¿Se puede ser un(a) excelente esposo(a) aun siendo infiel y te quedarías a su lado sin importar?

¿Tuvieron Libia y Daniel una relación de engaños y mentiras por amor o por pecado?

Capítulo catorce

El trágico final de Omar en manos de Verónica, una mujer loca, demente, psicópata y trastornada

Verónica para una relación seria y familiar no es deseada por nadie. Muestra de eso es que ha tenido varias parejas e hijos con cada una de ellas, pero las mismas no duran cuando descubren sus locuras y trastornos.

Verónica conoció a Omar un joven luchador, apuesto, e inteligente, que tenía una relación estable con Alma una joven de su edad que cursaba estudios universitarios con la cual tuvo una hija. La personalidad de Omar flechó a Verónica y ella por su obsesión hizo lo imposible para que fuera suyo haciéndole la vida trizas a Alma que ante ese torbellino se cansó de aquella situación y lo abandonó, quedando libre para Verónica.

Verónica era mayor que Omar, ya había parido cuatro hijos de sus relaciones pasadas a los que había regalado para no criarlos.

Verónica quedó embarazada de Omar y tuvo un varón al que —a los dos meses de nacido— también regaló y aunque semejante despropósito molestó a Omar, no mostró mayor importancia y continuó su vida con ella. Verónica por algún motivo tenía dominado y adormecido a Omar.

Omar se caracterizaba por su tranquilidad y su debilidad de carácter y eso hizo que tuviera bajo el dominio de Verónica que lo mantuvo dócil y atado. Se sabe que cuando se consigue a una persona con oraciones y malas prácticas en esa relación no hay paz, ni amor ya que se está bajo los dominios del mal. Pues así se manifestaba la relación tóxica en extremo, con muchos pleitos y agresiones por parte de Verónica y todos se preguntaban por qué permanecía a su lado. Ni Omar lo sabía porque solo durante breves instantes de consciencia trataba de alejarse, pero a los días se tranquilizaba como si nada hubiese pasado.

Verónica evidenciaba desaseo con su cuidado personal y su casa, no se bañaba y de vez en cuando se cepillaba los dientes, con la misma ropa que estaba durante el día se acostaba a dormir y al día siguiente solo se lavaba la cara y salía a la calle. Se ponía los calzoncillos de Omar se los quitaba y ya usados los metía en la gaveta donde tenía su ropa interior limpia —luego Omar sin saber se los ponía— dicen que esa es una forma de sumisión y control propio de la brujería. Ella no cocinaba, no lavaba ni lo atendía, tampoco trabajaba, pero con el dinero que Omar ganaba se daba una vida de derroche que jamás imaginó tener.

Tan fuertes y grandes eran los pleitos que tenían que Verónica siempre amenazaba con matarlo. Ella lo gritaba tan fuerte y seguido que jamás nadie le prestó atención ya que todos estaban al tanto de su locura y de su comportamiento problemático. Verónica se metía con quien le daba la gana, no mostraba ningún respeto por las personas y todos la catalogaban de loca.

Sus amenazas fueron cada vez más continuas hasta que dejaron de serlo para convertirse en atentados: la primera vez lo hirió en el brazo con un cuchillo, a lo que Omar ni nadie presto atención; la segunda vez le enterró un tenedor en el pecho cerca del corazón, quedando como recuerdo del hecho una cicatriz; la tercera vez lo intentó con un machete, pero por fortuna no llegó a hacerle daño. Omar, no obstante, continuaba a su lado sin mostrar miedo ni preocupación por los hechos que ocurrían.

Gritaba de manera incansable: que lo iba a envenenar —que lo haría con la comida— y así sucedió le puso veneno para ratas a la comida lo que requirió que lo llevaran de urgencia al hospital por los fuertes dolores en el estómago y allí le hicieron un lavado estomacal entre otras cosas por la gravedad de su estado. Nadie puso la denuncia ya que Omar no estaba de acuerdo y continuó a su lado.

También intentó dañar a la hija de Omar cuando lo visitó en vacaciones y le quemó una de las manos dejándola discapacitada e igual la estaba intoxicando con veneno para ratas, por tal razón la alejaron de ella.

Producto de uno de sus arranques de locura —que sufría con frecuencia—, amenazó con prenderlo vivo, por varios días lo estuvo diciendo, pero nadie le dio importancia. El fatídico día llegó y así sucedió. Tomó una vasija plástica y compró gasolina y luego publicó en su estado de WhatsApp, donde mostraba el envase diciéndole: «esta te la tiro encima maldito». Omar, estaba al tanto de lo que estaba pasando, sin embargo, prefirió no hacer caso a una más de sus locuras, y terminando los trabajos que lo mantuvieron ocupado durante el día y sin temor alguno se regresó a su casa. Cuando llegó como siempre Verónica provocó una discusión cuando concluyó, se sintió confiado y se sentó ya que había tenido un día muy pesado por los trabajos arduos que había hecho, creyó merecido su descanso. Al verlo descuidado tomó el envase con la gasolina y se la tiró a traición, luego prendió un fosforo e hizo lo mismo por lo que al instante se prendió. Omar, en su desesperación, se revolcó en el suelo para apagar el fuego con la arena, solo quería calmar el dolor y se tiró al agua, lo que hizo más fatal el hecho.

Al llevarlo sus familiares en busca de atención medica por la gravedad de la situación, ella demostró total despreocupación —como si nada hubiese pasado— y todos se sorprendían de verla tan tranquila con la sangre fría como la víbora que es sin mostrar ningún interés por él y la condición en la cual se encontraba. Por la gravedad y magnitud de las quemaduras en todo su cuerpo Omar ingresó de urgencia a cuidados intensivos en donde murió debido los daños internos y externos y las secuelas graves causadas por las quemaduras.

¿Omar se convirtió en una víctima de Verónica por amor o por pecado?

Capítulo quince

Cleotilda, una mujer enloquecida por las culpas

En un tiempo Cleotilda fue hermosísima tanto en lo físico como en lo espiritual. Era humilde, carismática, compasiva, comprensiva, buena hija, madre, hermana y amiga. De verdad Cleotilda fue excepcional.

Tuvo una relación que no funcionó y de la cual nació su hija Charlot. Con su hija luchó sola para sacarla adelante; en consecuencia hizo trabajos con bajos salarios para la crianza de Charlot y la culminación de sus estudios como docente. Una vez graduada cubrió las necesidades de ambas. Sus padres —que se quedaron con la niña— la apoyaron mientras ella laboraba en lugares apartados de la ciudad en donde residía. En ese lapso, Cleotilda conoció a Orlando: un hombre bondadoso que estudiaba y hacía trabajos eventuales para salir adelante. La relación se formalizó y al tiempo contrajeron matrimonio. Con la llegada de dos hijos creció más la familia. Todo parecía ir bien. Se mudaron a una casa con mucho más espacio y Orlando aplicó para un trabajo permanente con un alto salario, lo cual le permitió a la familia subir su estatus de vida.

Poco a poco Cleotilda cambió su forma de ser, marginó a Charlot dándole más atención e importancia a los hijos que tuvo con Orlando. Su hija Charlot sintió ese rechazo y vio la preferencia que su mamá tenía entre ella y sus hermanos. A pesar de no ser el padre biológico de Charlot, Orlando no tomó esa actitud.

Charlot se comportaba de manera extrovertida e independiente, un poco rebelde, muy creativa, capaz e inteligente con un gran don para hacer amigos por su gran bondad como ser humano. A Cleotilda eso la enojaba pues le molestaba y hedía todo lo que ella hacía ya que su adoración eran los dos hijos que tenía con Orlando. Esta situación alejó a Charlot e hizo cosas que más adelante tuvieron graves consecuencias Cleotilda vivía en su mundo de burbujas cambiando cada día su forma de ser e ignorando las dificultades de su hija y la infidelidad evidente de Orlando.

El descuido así como los malos tratos, las groserías y la mala actitud de Cleotilda hacia Charlot, propiciaron la muerte trágica, triste y lamentable de Charlot. La culpa se apoderó de Cleotilda hasta enloquecerla porque sintió que el mundo se le acabó con ese golpe tan duro y doloroso que no sentía motivo alguno por el cual vivir. Para salir adelante se aferró al inmenso amor que sentía por sus dos hijos, esto la llevó a desconectarse de la realidad y de Orlando. Se dio cuenta de su infidelidad, pero prefirió ignorarla y fingir que no pasaba nada a pesar de que Orlando no se escondía y todos lo veían en público con su amante.

Cleotilda supone que Orlando formó otra familia. Esta sospecha que hasta ahora no ha podido comprobar ya que no es un tema de interés para nadie.

Hoy en día Cleotilda vive «feliz y tranquila» al lado de su esposo Orlando y de dos nietos, a los cuales adora de una manera enfermiza dándole todo el amor y lo material que le negó a su hija Charlot.

Aparenta Cleotilda que no sabe de la infidelidad y ha preferido tragarse sus problemas, y toma una mala actitud hacia las demás personas. Cleotilda ahora es mala, rencorosa, despectiva, altiva, prepotente, autoritaria, dominante, egoísta y envidiosa; por lo tanto, ha preferido su declaración de locura para la evasión de sus problemas y así enfoca su atención en otras personas para joderle y fregarle la vida porque le da la gana.

¿Enloquece a un ser humano el sentimiento de culpa?

¿Por qué pasa por alto Cleotilda la infidelidad de Orlando?

¿Atormentará la culpa a Cleotilda y por tal razón finge ignorarlo todo y actúa como si no pasara nada?

¿Actúa Cleotilda por amor o por pecado?

Capítulo dieciséis

La historia de Grey Marie.

Cuando el físico cautiva, pero no enamora

Grey Marie es una de esas madres «luchonas» que levantó con mucho esfuerzo su propio negocio de productos botánicos para el cabello y para la salud.

Siendo una jovencita conoció a Roly, un ser malvado que nunca mostró amor ni interés por ella ni por los hijos que tuvieron a pesar de que tenía un excelente trabajo. Roly gastaba su dinero en alcohol y en mujeres abandonando a sus hijos pequeños sin importarle la suerte a la que se enfrentaban. Grey Marie no tenía trabajo ni recurso alguno para su crianza. Esto no significó para ella ningún impedimento para brindarles una formación excelente y sacarlos adelante.

Grey Marie, luchó sin descanso hasta convertirlos en profesionales y buenas personas.

Hoy, la suerte de Roly ha cambiado mucho por su mal proceder. Le llegó el karma y ahora sufre las consecuencias de los errores cometidos.

Grey Marie siempre ha sido hermosa y atractiva, con unas nalgas y unas caderas despampanantes que resaltan y cautivan. Sus atributos físicos son un imán para las miradas masculinas, Grey Marie sabe las pasiones que levantan sus bondades físicas y —por tal razón— se ha dado el lujo de escoger muy bien a sus pretendientes; en consecuencia, mira hasta el más mínimo detalle de su físico y de sus actitudes. Le mira las uñas de los pies y el tamaño de cada dedo, el nivel y distancia de cada uno de los dientes, el pecho si lo tiene amplio o estrecho, la manera como mira o camina, si hay algo en su cuerpo que no tenga el nivel, tamaño o proporción que ella considere normal. Cuando digo que mira todo, es todo lo que está o no al alcance de sus ojos. Para ella no hay uno que esté a su altura, todos son imperfectos, ya que siempre está a la espera de la pareja ideal para formalizar una relación, no obstante, consiguiendo defectos a todos los que conoce se ha quedado sin pareja.

Por sus exigencias ha perdido a buenos pretendientes y —hoy en día— se queja de que está sola y quiere un compañero con el cual comparta su vida pero no cambia su actitud.

¿Cómo debe ser la pareja ideal para Grey Marie? ¿Por la decepción que le causó Roly creerá que existe el «hombre perfecto»?

¿Tendrá Grey Marie esa actitud por amor o por pecado?

Capítulo diecisiete

La historia de Argelis y Edgardo.

Una historia de amor y perdón

Argelis y Edgardo, se conocieron en una discoteca en el año 1994 y la agradable música de aquel ambiente los unió para siempre. Desde allí se hicieron novios. En el año 1996 quedó embarazada y tuvo una hermosa y preciosa hija lo que los llevó a vivir juntos como familia.

Durante ese proceso de abstinencia por el cual pasan algunas al salir del embarazo Edgardo le fue infiel y Argelis ignoró esa situación ya que su infidelidad la disfrazó con el trabajo diciéndole que llegaría tarde a casa porque se quedaría a laborar sobretiempo. Las sospechas se manifestaron y para su confirmación le pidió a una amiga de confianza que tal cual detective se lo averiguara y ella corroboró la infidelidad de Edgardo.

En plena Semana Santa Argelis, tomó a su hija y recogió todas sus pertenencias yéndose a la casa de su mamá que con todo el amor la recibió brindándole todo el apoyo.

La mamá de Edgardo los visitó y al darse cuenta del abandono de su esposa habló con él y le dijo que recapacitara que Argelis le convenía y que tenían que criar juntos a su hija.

El viernes santo la mamá de Edgardo habló con la mamá de Argelis para que la convenciera y regresara a la casa con su hijo ya que él estaba arrepentido. Argelis no regresó hasta el sábado temprano que fueron a buscarla, hablaron y arreglaron la difícil situación.

De allí en adelante la relación marchó de maravilla y fueron felices como familia. Tres años después Edgardo empezó un nuevo trabajo de acuerdo con su profesión como educador y allí empezaron los rumores de que él tenía romance con una educadora, pero lo desmentía. Argelis, ya marcada por la primera experiencia se trasladó al colegio donde Edgardo laboraba y habló con la directora acerca de los rumores que escuchaba y la directora le dijo que se quedara tranquila y que no se abrumara por rumores.

De pronto reventó la bomba y con el estallido llegó la confirmación de que de nuevo demostraba su infidelidad. Muy enojada Argelis le dijo a Edgardo que no le pasaría por alto más infidelidades a lo que él le respondió que no iba a perderla porque la quería. Argelis le dio una última oportunidad. Edgardo habló con la educadora —compañera de trabajo con la que mantenía un amorío— poniéndole fin a la relación, diciéndole que tenía esposa. Desde aquel tiempo muy decepcionada Argelis se concedió su espacio, salió con sus amistades, y fue más independiente lo cual trajo muchos problemas al matrimonio porque Edgardo se enojaba.

Argelis y Edgardo, se mantuvieron unidos durante la pandemia. Durante la pandemia en el 2020 conversaron e hicieron un pacto de bienestar y unión que ya los hijos estaban grandes y casados, que solo se tenían el uno al otro. Desde ese entonces, Edgardo, es más atento, más amoroso, más pendiente, más cariñoso con ella. Ahora están más unidos que antes y son felices, hacen cosas que antes no hacían: ahora gozan, ríen, pasean, comparten sus penas y alegrías juntos, se dicen todo lo que sienten y no callan, ni ocultan nada. En la relación hay mucho amor.

¿Argelis y Edgardo, salvaron su matrimonio por amor? ¿Perdonarías tú dos infidelidades? ¿Las perdonó Argelis por amor o por pecado?

Capítulo dieciocho

La historia de Miguel y Liseth. Cuando algún otro sentimiento es confundido con el amor

Miguel es inteligente en apariencia un buen hijo, aplicado y al parecer sensato.

Miguel y Lisbeth iniciaron una relación de pareja muy linda y ambos parecían estar muy enamorados ya que no podían estar el uno sin el otro e iban a todas partes juntos, dormían abrazados y hacían todo juntos. Cada mes y año de aniversario lo celebraban de manera diferente tomándose fotos en donde él la cargaba y a través de dichas fotos mostraban su gran amor por lo que eran una pareja para envidiar por lo bien que se llevaban.

Vivían en casa de los padres de Liseth y allí también vivían sus hermanos que abusaban de la generosidad de Miguel porque cocinaba y sus cuñados siempre eran los primeros en servirse la comida. Liseth nunca prestó atención a esos detalles y lo veía con normalidad, tal vez porque Miguel cocinaba muy bien y muy diferente a ellos porque su sazón muy rica la había aprendido de Laura, su mamá, que como cocinera mostraba excelencia y le había enseñado la preparación exquisita de los alimentos.

Así pasaron tres años y la relación marchaba de maravilla. Miguel y Liseth paseaban muy a menudo, a través de las fotos mostraban su gran felicidad, a esos viajes llevaban a la mamá de Liseth, Miguel le llamaba «mamita, mi mamita querida», pero nunca Miguel llevó a Laura de paseo con ellos, algo que ella, siempre le reprochaba, pero él se justificaba diciéndole que su «mamita» había cancelado sus propios gastos, pero que —de verdad— no tenía ninguna justificación ya que él bien pudo haber solventado los gastos de su mamá porque el salario que tiene se lo hubiese permitido. Desde que él se mudó a la casa de la familia de Liseth desasistió a su mamá en lo económico y dejó de frecuentarla.

De pronto, las cosas entre Miguel y Liseth empezaron a cambiar porque ella notaba que al dormir, ya no la abrazaba y le daba la espalda. Miguel en la casa siempre andaba enojado, pero no le decía las causas de su enojo y ya no pasaban tiempo juntos, no se tomaban fotos, ni iban de paseo. Un día Miguel desapareció sin decir nada ni dar explicaciones, lo que a Liseth le preocupó mucho y empezó a buscarlo con desesperación, pero no pudo dar con él.

Liseth visitó a su suegra Laura tratando de obtener una respuesta y de conseguir consuelo para su sufrimiento. Ambas conversaron y ella le dijo que no sabía lo que había ocurrido, ni mucho menos por qué Miguel se había ido de su vida de esa manera sin decirle nada ni darle ningún tipo de explicación. Liseth le dijo acerca de los cambios que había visto en él, y que tal vez se debían a que él cocinaba y sus cuñados —los primeros en servirse— no agradecían aquel noble gesto de servicio y le decía todo lo que —según ella— propició la desaparición, pero ninguna de las dos dio con una explicación ni acertó con una razón exacta o un motivo específico.

Un día Laura llegó temprano a su antigua casa, iba por algunas cosas que necesitaba y se sorprendió ya que fue «impactante» el descubrimiento la mantuvo en estado de *shock* por algunos minutos, sin saber qué hacer ni qué decir.

Miguel había aprovechado que esa casa estaba sola desde hacía mucho tiempo y era ahí donde estaba viviendo con una nueva pareja llamada Yohana: mayor que él y que tenía ya dos niñas, era muy distinta a Liseth. La había conocido en la universidad donde ella trabajaba y Miguel cursaba estudios. Ellos decidieron convivir y él dejó a un lado la relación que ya tenía con Liseth para tomar aquella decisión.

Liseth desconociendo el motivo del alejamiento de Miguel lloraba mucho, día y noche al punto de enfermarse, sin querer comer o salir de casa. Sus hermanos y padres están muy enojados por la acción de Miguel porque abandonarla así no es de hombres y más si como pareja todo parecía estar bien.

¿Qué sucedió cuando se enteraron del motivo que tuvo Miguel para desaparecer? Lo que más impactó a sus familiares y amigos fue el desmoronamiento de la felicidad que mostraban a todos en sus redes sociales y en su círculo social. Pero según Laura Miguel no resultaba tan sensato como lo aparentaba porque años atrás había hecho lo mismo con su antigua pareja con la que tuvo un hijo.

La vida misma acaba por sorprendernos. Esto pasó con los personajes de este capítulo, en donde por ironía o por una jugada de la vida, Liseth y Enzo, el marido de Yohana, terminaron conociéndose de manera casual y mantienen una relación de amistad.

Miguel y Yohana, mantienen, en apariencia una relación sólida basada en el amor y en el respeto. Han hecho planes de boda y todo está listo para llevarla a cabo. La fecha del matrimonio está muy próxima y todo parece ir muy bien, pero como dicen por ahí «la vida te da sorpresas, sorpresas te da la vida» Yohana, nunca terminó del todo su relación con Enzo, ahora todos comprenden la relación tan «amistosa» que tenían y se separaron por los muchos problemas que afectaban la relación, pero se mantenían unidos por la intimidad porque al parecer cuando se unían sacaban fuego de aquellas cenizas que habían dejado.

Unos días antes de la boda, Yohana y Enzo sé escribieron y se citaron para darse la despedida teniendo intimidad, y «finalizar» sus encuentros amorosos ya que pronto se casaría. Para fortuna de Liseth y para desgracia de Miguel y de Yohana todo salió a la luz. Un amigo en común de Miguel y de Enzo puso a Miguel al tanto de lo que estaba pasando con su pareja. Le envío los mensajes de la conversación entre Yohana y Enzo, que el mismo Enzo le había enviado. A pesar de las pruebas que la ponían al descubierto Yohana lo negaba y le decía a Miguel que lo amaba.

Miguel pensó que tal vez si lo amaba, pero que no sentía por él la misma pasión que sentía por Enzo y que no estaba dispuesto a vivir con eso. Así que decidió alejarse y volver al lado de su fiel, incondicional, abandonada y amada Liseth.

¿Siente Yohana amor o pasión por su anterior pareja?

¿En las relaciones hubo traiciones y engaños por amor o por pecado?

Capítulo diecinueve

La historia de Cecilia, una mujer que ha sido marcada por golpes tras golpes, es toda una guerrera

Cecilia nunca tuvo hijos propios a pesar de su preparación y su nivel de vida de clase media alta que le permitió vivir con holgura. Debido a esta imposibilidad sintió tristeza y vacío por el dolor de no ser madre. Con el pasar de los años ese vacío y esa tristeza se transformaron en alegría y felicidad cuando llegó a su vida de manera inesperada Hugo. A pesar de no ser su madre biológica lo recibió con todo el amor y toda la ilusión del mundo e hizo de sus días los más completos y felices.

Hugo creció en un hogar lleno de mucho amor con atenciones y con muchas oportunidades a pesar de no tener a su lado a una figura paterna. Cecilia trabajaba y se preocupaba para suplir todas las necesidades de su hijo.

Como la gran mayoría de los jóvenes, Hugo tenía muchos amigos con los que compartió desde la niñez hasta la juventud, algunos eran de buena influencia y otros no.

Tal vez el amor tan grande de Cecilia hacia Hugo así como también las complacencias sin límites combinado con la mala influencia de algunos de sus amigos o el barrio donde vivían hizo que Hugo desviara su camino llevándolo a delinquir.

En compañía de algunos amigos Hugo cometió un delito por el cual pagó una condena en la cárcel. La vida de Cecilia quedo vacía y devastada al quedar sola y sufriendo por la situación de su hijo. Todas las semanas o las veces que le era posible lo visitaba en la cárcel, le llevaba todos los implementos de aseo personal, ropa, dinero, entre otras cosas que Hugo necesitaba, a pesar de que su hijo la había decepcionado nunca lo abandonó a su suerte en aquel lugar, ya que él representaba su vida entera.

Estando en la cárcel Hugo conoció a Iris que ya tenía una hija y de esta relación nació una niña a la que Cecilia desde el principio amó con todas sus fuerzas.

Al poco tiempo de haber nacido la niña Hugo salió de la cárcel y formó una familia con Iris y las dos niñas en casa de Cecilia.

Por problemas de pandillas a las que Hugo —en apariencia— no pertenecía, un día salió de su casa a cortarse el cabello y fue ultimado por bandas rivales.

El fin de la vida de Hugo inició la muerte de Cecilia porque desde aquel día aciago quedó como muerta en vida, destrozada y destruida. Su dolor resultó tan grande que se desconectó de la realidad. Cecilia fue tratada y medicada por psiquiatras y especialistas su dolor y pena fueron tan grande que solo los medicamentos la sostienen, se ha aferrado a su nieta para seguir adelante y a los demás hijos de Iris, asumiendo una responsabilidad que no le corresponde, pero eso la mantiene viva y con fuerzas.

Poco tiempo después de haber muerto Hugo, muere la mamá de Cecilia, agrandando y profundizando su dolor. Devastada por las pérdidas de su hijo y de su madre, a los pocos meses muere también su hermana una gran amiga, compañera y apoyo, tres golpes seguidos no son fáciles de superar, pero Cecilia sigue adelante con su gran dolor a cuestas, y más porque su vida entera la constituía su hijo, su centro de atención,

Al cumplirse un año de la muerte de su hermana muere otra de sus hermanas, la menor. No se había levantado de las pérdidas tan continuas cuando le llega otro golpe más, al cabo de unos meses muere su hermano mayor y esto la devasta aún más, pero no se rinde y continúa luchando día a día con su dolor y con sus penas a cuestas sigue adelante. Luego recibiría otro golpe al dolor que la abate y la intenta derrumbar todos los días, y así en menos de un año de haber fallecido su hermano mayor muere su otro hermano, quien deja otro profundo vacío en su vida y en su corazón. Seis muertes de seres amados, una tras otra no son para nadie nada fácil, Cecilia se acoraza con una buena armadura y sigue adelante con las cicatrices que recuerdan cada instante doloroso.

Cecilia es una amazona, una gran guerrera que ha retado a la vida diciéndole: «golpea que cada uno de tus golpes me harán cada vez más fuerte y solo me vencerá, Dios con la muerte».

¿Crees que continuarías después del sufrimiento ocasionado por las pérdidas de tus seres amados?

¿Amas demasiado a un hijo sin limitarlo por amor o por pecado?

Capítulo veinte

La historia de Víctor.

Secuelas de un trauma de su infancia

A Víctor le ha pesado mucho no haber sido criado por su mamá y no haber recibido ese amor y calor de madre que todo niño merece y necesita. Lo único que obtuvo de ella ha sido solo su apellido y tampoco tuvo un padre que velara por él.

Desde que nació lo atendieron sus abuelos quienes le dieron amor, cuidados, alimentación y educación.

Víctor creció con su madre distante en lo afectivo, pero —en cambio— a sus cuatro hermanos prodigándole todo el amor, los cuidados y demás atenciones, negadas para él. Víctor no comprendía por qué su madre no lo quería y con frecuencia lo rechazaba, eso le ocasionó un trauma provocándole mucha inseguridad, desconfianza e inestabilidad emocional lo cual afectó todas sus relaciones, pero siguió adelante con el apoyo y cuidados de sus abuelos.

Al cumplir los dieciocho años Víctor se marchó de la casa para hacer su vida lejos de su mamá y de sus hermanos los cuales al verlo rechazado por su mamá también lo maltrataban se burlaban y lo marginaban. Siempre lo mantuvieron alejado de su círculo. Víctor caminó por la vida tomado de la mano de la inmadurez y de las apariencias para demostrarle a sus hermanos que los superaba y que tenía cosas que ellos no podían ni siquiera soñar.

Víctor migró de relación en relación haciendo que todas fracasaran por el trauma que sufrió producto del rechazo de su madre. Para Víctor, «todas las mujeres son un problema» ya que la relación debe ser como él piensa y cree, ve un problema en todo lo que no le encaja con su pensamiento y aunque los mismos no lo afecten, está convencido de que los actos de sus parejas lo perjudican y se siente su víctima. Se crea los problemas en su mente y los explota directo en sus parejas creyéndolos reales provocando así graves conflictos quitándole la paz y tranquilidad.

En su trajinar por la vida conoció a Clementina la cual tenía ya dos hijos de su relación pasada y a los cuales Víctor trataba con indiferencia. Se unieron y tuvieron dos hijos más, pero al igual que sus otras relaciones la relación con Clementina fracasó y, por supuesto, la culpa de eso según Víctor recayó en Clementina.

Entre los problemas que tuvo la relación, al parecer hubo infidelidad por parte de ella ya que en una historia muy rara y poco comprensible quedó embarazada sin decirle nada a Víctor. Se separaron y Víctor se largó sin saber nada de su embarazo. Clementina tomó todo tipo de brebajes para abortar y como no le hicieron efecto decidió decirle a Víctor que estaba embarazada él sin dudarlo y sin saber de las tomas que ella había ingerido, lo aceptó sin dudar de su paternidad.

Víctor y Clementina siguieron separados durante el embarazo y tampoco en el nacimiento de la niña Víctor estuvo presente. Además hay una historia aún más confusa relacionada con el apellido de la niña ya que después de tres años le dijo Clementina que tuvo que reconocerla porque estaba ausente y que la abogada estaba arreglando todo para que él, pudiera hacerlo.

Lo raro y extraño en todo este asunto consistía en lo siguiente. por qué si ella ya tenía cuatro hijos pensaría en abortar pudiendo comunicarle a su exmarido y más aun sabiendo que la apoyaría al 100 % aunque estuvieran separados ya que a pesar de todo es un buen papá.

El otro detalle curioso es que en el país donde viven no existe ningún impedimento para que los hijos nacidos en matrimonio lleven los apellidos de sus padres biológicos. Y más extraño que ya ella llevaba su apellido paterno ya que no estaba casada.

Todo es muy raro y confuso, pero Víctor está seguro de que es su hija aunque no tenga con el ningún parecido físico. La niña nació con algunos problemas de salud debido a los brebajes que ingirió Clementina.

Dos meses después de su separación Víctor inició otra relación a la que también llevó al fracaso por los traumas no superados.

Después de su última relación estable ha intentado con otras, pero no llegan a nada serio porque los traumas no se los permiten y ellas se cansan de la situación.

Lo peor es que Víctor no acepta, que tiene un problema serio y culpa a sus parejas de la responsabilidad de los pleitos y fracasos.

Hoy día se ha aferrado a Venus, una mujer excelente que conoció y a la cual no deja ir, pero sigue arrastrando con sus traumas y sus demonios. Víctor no permite que la relación avance a pesar de que Venus lo quiere y le brinda todo su apoyo ya que Víctor no asume su culpa y no reconoce que como ser humano no conserva a su lado a una pareja. La aleja con su comportamiento y pensamientos equivocados concediéndoles sentido y razón. Justifica sus acciones culpando de las mismas a los demás.

Venus se cansó de los constantes pleitos producto de su inseguridad e inmadurez. El único remedio además del distanciamiento por el cual optó Venus ante la situación resultó la aceptación de todo como una relación que fracasó y que no pudo ser. Víctor seguirá de relación en relación hasta encontrar al «alma gemela» que soporte sus traumas con la cual libere sus demonios y arda en llamas en el mismo infierno. Como bien dicen: «para todo roto hay un descosido».

¿Podrá Víctor superar sus traumas o los llevará a cuesta toda su vida?

¿Rechaza una madre a su hijo por amor o por pecado?

Capítulo veintiuno

Mario, un mujeriego solitario

Desde siempre la perdición de Mario han sido las mujeres gracias a que ha mantenido una economía fluida sus relaciones están al margen del respeto y de la fidelidad. Mario piensa que el dinero lo hace superior y permite ser manipulado por esa falsa creencia destruyendo así sus hogares.

Mario conoció a Norma bella y atractiva que a pesar de no corresponder con su tipología femenina lo cautivó de inmediato. Se casaron y la posición económica les permitió vivir con comodidad, con muchos lujos y bastantes privilegios. Norma se dedicaba a Mario lo amaba con intensidad y siempre procuraba mantenerlo feliz, pero para Mario el amor de Norma no significaba nada ya que la traicionaba con muchas otras a las cuales embarazaba teniendo así muchos hijos fuera del matrimonio. Mario y Norma tenían tres hijos los cuales eran la razón por la que ella se mantenía unida a él. Norma estaba cansada de la situación de infidelidad e irrespeto y siempre se lo decía, pero eso a él parecía no preocuparle ya que continuaba con su ritmo de vida libertino.

Mario ascendía en lo económico, traficaba drogas, trabajaba y tenía ingresos espectaculares y el dinero que ganaba lo hacía ver cada vez más interesante ante muchas otras.

El amor que Norma sentía hacia Mario la hacía sufrir mucho y por tal razón decidió no sufrir más y poner punto final a la relación lo que llevo a Mario a formalizar su relación con Nivia una de sus muchas relaciones con la que también tenía tres hijos y le había sido infiel a Norma.

La relación con Nivia tampoco funcionó porque al igual que a Norma también la traicionó, y así Mario se mudó a vivir con Melissa otra de las tantas mujeres con la que le traicionaba tanto a Norma como a Nivia y con la que tenía dos hijos, pero la relación con Melissa tampoco funcionó porque Mario no cambiaba y seguía con su círculo de infidelidades. Estando con Melissa conoció a Eva con la que tuvo dos hijos más de igual manera le fue infiel a Eva con Yolanda a la que llamaba «la chola» Yolanda se corresponde con aquellas mujeres por la cuales Mario siente debilidad, así que se enamoró y tuvo tres hijos más. Pero a pesar de estar muy enamorado de «la chola» le fue infiel terminando así aquella relación.

La economía de Mario decreció por muchas razones dando fin así a su vida de don Juan enamorado. Con todo el dinero que tuvo le hizo a Norma y a sus hijos una mansión llena de lujos y comodidades y a cada una de parejas con las que vivió también les hizo casas más sencillas pero muy cómodas.

Hoy en día Mario se encuentra sin pareja viviendo en un apartamento alquilado con un trabajo informal en busca de su próxima relación. Él dice haber cambiado y que solo desea una compañera, ya que su edad no le permite estar de aventurero, pero su comportamiento demuestra todo lo contrario ya que se promueve con cada mujer que conoce como mercancía en baratillo diciéndole sus cualidades y que es diferente. Manifiesta que ha aprendido dos cualidades especiales de las mujeres las cuales siempre las convierte en ganadoras ante cualquier situación: una es la lengua para defenderse y la otra es el as de cocada, que es lo que está entre las piernas y sirve para controlar, pero dice que el as de cocada es la jugada perfecta porque con él nunca se la pierde.

¿Fue Mario controlado por el as de cocada por amor o por pecado?

Capítulo veintidós

La historia de Leonor, una mujer cargada y abrumada por su inmadurez

Solo basta entablar una breve conversación con Leonor para darse cuenta de que es inmadura y de poco carácter.

Estuvo casada con Fermín con el que tuvo dos hijas y este le fue infiel hasta el cansancio por el conocimiento de su problema.

Fermín migró a los Estados unidos en busca del «sueño americano», allá conoció a otra y se casó. Se divorció por edicto de Leonor, la cual se enteró de una manera dolorosa, pero lo supero con facilidad por las cargas de problemas que había contraído.

Eran las hijas de Leonor Carmina y Carina: A Carmina la mayor no le interesaron los estudios ni la familia u otras cosas como alimentos o un lugar cómodo y apropiado donde vivir. A Carmina solo le importaba comprar ropas, zapatos, accesorios y carteras para lucir e impresionar. Todo el dinero que ganaba lo gastaba en vanidades. Donde vivía no había espacio para una pieza o artículo más por lo que tenía todo tirado en el piso. Se comportaba como una acumuladora compulsiva. No se alimentaba bien y por las condiciones de la vivienda siempre estaba enferma pero eso no le impedía vivir feliz.

Por otro lado Carina tenía una vida diferente alocada, drogadicta y promiscua, desde muy chica inició su vida sexual llevando una vida muy descontrolada. Cuando tenía veintitrés años ya tenía seis hijos de diferentes parejas. Tuvo una relación más duradera con Julio con quien se identificaba mucho por la vida de drogadicción y delincuencia que compartían. A causa de esa vida mataron a Julio y esta muerte llenó de mucho dolor, ira, angustia y sufrimiento a Carina. Ella planeó el asesinato del homicida de su pareja y lo concretó un día que se levantó muy decidida tomó un cuchillo y cometió el crimen.

Carina fue encarcelada y después de algunos años se escapó y volvió a su vida promiscua quedando de nuevo embarazada. Carina fue recapturada y reingresada a una cárcel de máxima seguridad lejos del lugar de donde vivía. Allí parió a su hija de la que también se hizo cargo Leonor junto con los otros seis. Hace poco tiempo salió de la cárcel y volvió a la vida promiscua que siempre ha llevado. Quedó embarazada otra vez pariendo gemelos que también se los recargó a Leonor. Pasado un año ha quedado embarazada y está a punto de dar a luz.

Leonor está a cargo de los nueve niños aunque uno de ellos ya está en la cárcel, pero también se ocupa de él. Carina vive sola lejos de sus hijos y de su mamá, los visita muy pocas veces y no está a cargo de la manutención de sus hijos por lo que Leonor trabaja duro para mantenerlos.

Aparte de su trabajo como aseadora Leonor también recoge latas de sodas y de cervezas, de igual manera vende números de la lotería y golosinas en los transportes públicos. Tuvo una pareja que la ayudaba, pero al ver que cada vez llegaban más nietos la abandonó.

Leonor está cansada y enferma, por lo que va al médico con frecuencia, pero no deja su trabajo porque tiene a su cargo a los hijos de Carina y no tiene el suficiente carácter para decirle que se ocupe de ellos. Pero le preocupa que una vez que dé a luz vuelva a quedar embarazada y a echárselo encima. Sabiendo que es lo más seguro ha hablado con el doctor que le lleva el control de embarazo para que la operé a lo que Carina se niega ya que desea muchos hijos más y así evita a la cárcel y el cumplimiento de su condena por el asesinato que cometió. Hace sentir mal y culpable a su mamá diciéndole que no la quiere y que por su culpa irá a la cárcel si sigue insistiendo para que la operen.

Leonor también está preocupada por la salud, por la alimentación y por las condiciones del lugar donde vive Carmina, por lo que ha decidido llevarla a vivir con ella y hacerse cargo de su alimentación ya que teme que se vaya a enfermar.

¿Se ha hecho cargo Leonor de los hijos de Carina por amor o por pecado?

¿De quién será la falta de amor: de la hija hacia su madre o viceversa?

Capítulo veintitrés

La historia de Melissa y Roberto.

Una relación podrida en la monotonía

Melissa es independiente, trabajadora, responsable de su hogar y de su familia. Le gustan las fiestas, los paseos, los viajes y divertirse de manera sana. Es sencilla —muy carismática— y se caracteriza mucho por su humildad y simpatía. Es hermosa y atractiva, con grandes atributos naturales.

Roberto es todo lo contrario a su esposa Melissa. Él es inteligente, humilde, cooperativo, emprendedor y arriesgado. Pero no le gusta salir de casa; por consiguiente, no va a fiestas, no sale a paseos ni de viajes, no se interesa por nada, solo por el trabajo y la responsabilidad en sus funciones. Roberto es muy dependiente de su esposa y siempre sueña con la posibilidad de volverse millonario.

Roberto y Melissa llevan más de veinte años de casados. Con dos hijos, tienen una «familia normal» como cualquier otra. Al principio ella se sintió muy atraída y enamorada de él, pero con el paso de los años se dio cuenta de que había confundido los sentimientos y que

Roberto no se correspondía con lo que ella deseaba como esposo. A causa de tal diferencia se hundió en la tristeza, en la decepción y en el desamor. Ella siempre ha llenado ese vacío siéndole infiel.

Debido a la forma de ser de cada uno se trata de una pareja muy dispareja que ha sido golpeada por la rutina, la monotonía, así como la falta de conveniencia y de pasión. A pesar de que Roberto es bueno no es el prototipo que ella necesita a su lado. Eso ha llevado a Melissa a sentirse frustrada, amargada, estresada, abrumada. Siente que no está en el lugar deseado y que no tiene la vida que merece. Siente como el peso del hogar la destruye día a día hasta el punto de creer que está enloqueciendo y hasta ha pensado en el suicidio. Ella sueña con otro tipo de vida y donde reciba apoyo por esto odia la esclavitud a la cual está sometida en su hogar.

Las relaciones íntimas con Roberto la desmotivan las hace para «cumplir como esposa» así que no es algo que sucede con mucha frecuencia. A Roberto no le gusta esa situación de «cumplimiento obligado» y por eso las discusiones se hacen frecuentes a la hora de la intimidad sexual.

Melissa no ama a Roberto, pero es evidente el amor que siente él hacia ella. Dicho amor no se ve reflejado en el apoyo que ella necesita en los quehaceres del hogar, ya que Roberto dice que «esas no son cosas de hombres» y tampoco le da el apoyo en ciertas situaciones como defenderla o representarla.

La relación está sostenida por los años que llevan juntos, por los hijos, por el compromiso del matrimonio, por la familia que han formado, mas no por el amor, el deseo, la convivencia o tener algo amoroso en común.

Melissa y Roberto son una pareja tan dispareja, pero siguen juntos: ¿será por amor o por pecado?

Capítulo veinticuatro

El disfraz de un pedófilo

Vivian era una niña hermosa y alegre, vivía con su madre Manuela y su hermana mayor Elena. Manuela descuidaba a sus hijas, al separase de su esposo conoció a Joel bueno y cuidadoso, en apariencia, con sus hijastras. Al cumplir los 16 Elena conoció a un joven del cual quedó embarazada y dejó a un lado los estudios, a su mamá y a Vivian ya que fue tan grande la necesidad de salir de su casa que no midió los medios ni las consecuencias.

Al cumplir los 7 años Vivian empezó a sentir el miedo y el dolor por los constantes abusos sexuales causados por su padrastro. Todas las noches al apagar la luz de su recámara su padrastro entraba y abusaba de ella. La primera vez que sucedió se lo contó a su mama, pero ella no le creyó y así ocurrió hasta que cumplió los doce años. Cansada del abuso y del asco que le producía, un día se lo comentó a una amiga la cual no dudó en contárselo a Elena.

Elena lloró desconsolada al enterarse por lo que estaba pasando su hermana y armó un plan para atraparlo. En la noche, sin levantar sospechas, entró a escondidas a la recámara de Vivian sin hacer ningún tipo de ruido, permaneció ahí hasta que su hermana menor entró a dormir.

A eso de las tres de la madrugada escuchó que abrían la puerta de la recamara, su padrastro —como de costumbre— iba a «visitar» a Vivian para saciar sus más asquerosos deseos. Al verlo entrar no dudó en enfrentarlo gritándole con voz imponente. ¿Qué buscas aquí? Muy asustado por la presencia de Elena salió corriendo ya que nunca imaginó encontrarla en el lugar. Así como entró a la habitación «cual ladrón en la oscuridad de la noche», salió huyendo como ladrón en plena persecución dejando en la vida de Vivian y de Elena un enorme sentimiento de alegría y de tranquilidad que las hicieron romper en llanto.

Manuela niega lo sucedido con su hija y apoya, sin duda alguna, a su marido. Dice que en qué momento Joel, haría eso si ella siempre ha estado al pendiente de la niña no dejándola sola, ni a sol, ni a sombra. Que aparte de eso no ha visto en su hija ninguna señal de estar sufriendo abusos. y que lamenta todo, ya que por esa situación han tenido que sacar a su marido de la casa.

Vivian es una niña feliz llena de mucha alegría y entusiasmo, no tiene temores ni traumas aparentes producto de los abusos de su padrastro, ahora es custodiada por su madre y su hermana. Es llevada a terapias, las cuales le han permitido seguir una vida sin miedos, ni temores.

¿Al apoyar la mamá de Vivian a su marido está de acuerdo con la pedofilia? ¿Lo hace por amor o por pecado?

Capítulo veinticinco

Todas las heridas duelen

Lisa está llena de traumas generados por los fracasos y las decepciones ocasionadas por sus relaciones fallidas de pareja. Ha sufrido decepciones constantes y a pesar de haber sido buena, inteligente, amorosa, dedicada, comprensiva, hacendosa y trabajadora no ha logrado la consolidación de una relación duradera.

Lisa ha buscado razones para la comprensión de por qué sus parejas le fallan y no se ha dado —a sí misma— una explicación satisfactoria ya que sus parejas cada vez que le han fallado luego la han buscado otra vez.

Ha decidido quedarse sola porque está cansada de tantas decepciones y convencida de que jamás encontrará su complemento o una pareja con la cual viva a gusto y a la medida de los dos. Ella ha estado segura y convencida de envejecer acompañada, sueña con paseos, con sosiego y emociones positivas al lado de una pareja que la reviva y que sea su cómplice de aventuras. Las heridas de traiciones e insatisfacciones la han convencido de vivir solitaria.

Cierto día Lisa sufrió un leve accidente casero que afectó su movilidad por unos días se había lastimado el pie derecho lo cual le impedía la movilidad pues la herida le ocasionaba mucho dolor. Le dolía tanto que para evitarlo prefería no moverse y mucho menos arriesgarse a caminar o pararse para eludir el sufrimiento. A pesar del cuido extremo Lisa se lastimaba a pesar de evitarlo tanto, hasta reposando se lastimaba. Su pequeño y hermoso perro cuando le demostraba cariño la lastimaba ya que rozaba su herida. Durante su convalecencia caminó una corta distancia yendo fuera de su casa a recoger un pedido, pero en el trayecto una pelota de unos niños que jugaban cerca cayó justo en su herida haciéndola sufrir mucho y gritar por el inmenso dolor ocasionado por el golpe fortuito.

Con aquella herida comprendió que aunque lo evite siempre se lastimara y que —de modo consciente o inconsciente— será lastimada los sufrimientos son inevitables y ocasionan dolor por lo que así es la vida y las heridas ya sean externas o internas aparecerán y dolerán.

Lisa ha decidido quedarse en soledad para evitar un sufrimiento de amor, tal vez será algo que controlará, pero que no evitará. Lisa comprendió que con su madurez mental enfrentará los problemas si se diera una nueva oportunidad. Sin intención lastimará a otros y que cualquiera que se lo pida no tendrá un lugar en su vida.

¿Te quedarías en soledad por una decepción por amor o por pecado?

Capítulo veintiséis

El dolor que causa la incertidumbre

Lo que había sido un momento de diversión y de alegría, se convirtió en una historia llena de tristezas, llanto, frustración, incertidumbre de igual modo luego una historia de amor y de esperanza.

Una mañana soleada la de aquel día trágico, el sol brillante prometía un día especial y acogedor para la diversión y el esparcimiento en familia. Saúl, su esposa Monserrat, sus dos hijos, tías y primos fueron a la playa a divertirse —como acostumbraban— a disfrutar de un buen momento. Cuando iban a la playa se divertían, tomaban fotos, comían y compartían buenos momentos.

Mientras todos estaban en el agua, Monse le daba de comer a su bebé de dos meses que una vez que comió se durmió. Monse aprovecharía aquel momento de sueño de su bebé y se metió al agua con los demás.

Tal vez aquel breve y diminuto descuido resultó el instante perfecto para que Luisa —confundida y arrastrada por la frustración y la amargura por no haber podido tener hijos, ni la familia con la que siempre soñó— raptara al bebé y huyera con él.

Al mirar Monse hacia donde había dejado a Saúl se percató de que no estaba, dando paso a la desesperación y confusión salió del aguay confirmó que su bebé había desaparecido Sus gritos desesperados llamaron la atención de todos, en especial, de Saúl padre que al escucharla gritar: «¡Mi bebé, mi bebé!», se dio cuenta de que algo malo había pasado con su hijo.

Todos salieron desesperados y asustados del agua y buscaron al bebé, pero toda la búsqueda resultó inútil. Saúl hijo había desaparecido sin que nadie lo notara. El dolor y la angustia crecieron a cada instante quién podía tenerlo, dónde estaba, estará bien o no, pero las horas pasaron sin tener noticias.

Luisa, mantuvo al bebe dormido en su casa, le cambió la ropa que tenía y lo escondió durante ese día y durante toda la noche. Al día siguiente salió muy temprano a la ciudad llevándose con ella a Saúl sin llamar la atención de las personas.

Dos días más tarde Luisa regresó a su casa con un bebé, pero bajo un panorama muy diferente, lo vistió con ropa y accesorios de niña afirmando que le habían dado a la hija de una sobrina que había fallecido después del parto. En aquel entonces nadie lo dudó ya que todos sabían que siempre llevaba a niños pequeños, hijos de algunas primas o sobrinas.

El tiempo pasó y «la bebé» creció sin levantar sospechas en el entorno inmediato. Luisa amó con locura a «la bebé», lo mantuvo bien cuidado y alimentado, no lo dejó al cuidado de nadie y siempre lo tuvo dentro de la casa y cuando salía no descuidaba su vestimenta. Mientras que Monse y Saúl vivieron la angustia de desconocer el destino de su hijo.

Los años pasaron y la niñez resultó fácil y sin sobresaltos para la suplantación del bebé por una niña, ya que controló y manipuló todos sus vestidos y movimientos sin conflictos.

Los problemas aparecieron cuando llegó la adolescencia y con ella el desarrollo, y las mentiras para que no se comportara como niño y que siguiera con la farsa vistiéndose y comportándose como niña. Su convivencia con los demás niños representó un problema porque cuando iba al colegio o con sus amigos a los juegos de su edad no se adaptaba al género impuesto por su «mamá Luisa».

Todo se complicó para los dos. El manejo de la situación ya se hacía compleja. Así que Luisa tomó la decisión de mudarse a la ciudad pensando que allá todo sería mucho más difícil que alguien se enterara de la verdad. Allá Saúl haría una vida como un niño, sin ningún problema.

Pasaron unos meses y el niño extrañó su pueblo, sus amigos y familiares. Sin consultarlo con su «mamá Luisa» se regresó al pueblo. Estando allá y sin medir las consecuencias continuó con la farsa haciéndose pasar por una niña, pero vestirse solo era diferente a como lo hacía su «mama Luisa». Así que cuando viajó a la playa con sus amigos se olvidó que tenía que seguir comportándose como niña, en el acto, quedó al descubierto cuando empezaron los juegos y los coqueteos de adolescentes, allí se manifestó de modo tan obvio de que era un varón que ya no hubo manera de ocultarlo o negarlo, su pene lo delató. El chisme corrió por todo el pueblo y todos quedaron anonadados al enterarse y como se esperaba, Saúl hijo siendo un adolescente y sin saber las razones de por qué se vestía como niña no tuvo ninguna respuesta.

La noticia llegó a oídos de Luisa quien llena de rabia y de miedo sintió enloquecer aún más. También a oídos de Monse y de Saúl padre, quienes levantaron la sospecha de que tal vez podría tratarse de su hijo, dieron parte a las autoridades para que lo retuvieran y no se escapara o que Luisa, se lo llevara. Viendo el parecido físico que tenía el niño con sus verdaderos padres no hubo ninguna duda de que en efecto se trataba de su hijo y luego todo lo confirmaron con las pruebas pertinentes.

Doce años lejos de sus padres, doce largos años de sufrimiento y de angustia, de secretos y misterios, de miedo e incertidumbre, de preguntas sin respuestas, todo quedó limitado a una gran felicidad y al reinicio de nuevas etapas para Saúl, Monserrat y para toda su familia.

Luisa, no pudo explicar porque cometió un delito tan grave y causó daños y traumas tal vez irreversibles tanto al niño como a sus padres. Los barrotes que bloquean su mente son muchos más fuertes que los que la mantienen encerrada en una celda.

¿Luisa, no supo explicar si el delito cometido, lo hizo por amor o por pecado?

Capítulo veintisiete

La historia de Ramiro, el rey del mar

Ramiro se mudó de su pueblo natal, y desde muy pequeño salió con su mamá en busca de mejores oportunidades. De esa manera llegó a un pueblo costeño llamado «El paraíso» en aquel lugar la vida se caracterizaba por la amenidad y la tranquilidad de todo el pueblo.

Allí Ramiro conoció a Vicenta una niña bonita, de contextura delgada y un poco tímida. En cuanto la vio quedó enamorado de ella. Para Vicenta él no existía ya que no le gustaba y por tal razón no le correspondía.

Vicenta y sus hermanas fueron niñas muy sociables, jugaban con todos e incluyeron, a Ramiro en su círculo de amistad. Los años pasaron y Vicenta con sus hermanas agarraron caminos diferentes saliendo del pueblo. Ramiro se quedó en el pequeño poblado con la ilusión de que pronto volvería a ver al gran amor de su vida.

Vicenta estuvo trabajando en la ciudad y allá conoció a Eliot con quien tuvo a su primer hijo. Cuando su hijo cumplió un año Vicenta regresó sola al pueblo en donde Ramiro la esperaba y la seguía amando con locura. Iniciaron una relación y Ramiro la ayudó con la crianza y manutención del niño.

No pasó mucho tiempo y Vicenta se regresó a la ciudad dejando a su hijo con sus padres y a Ramiro con el corazón desecho. Allá en la ciudad realizó trabajos temporales y se dio nuevas oportunidades en el amor. No le fue bien en lo económico y en lo sentimental por lo que retornó a su pequeño pueblo y retomó su relación con Ramiro.

Al cabo de unos años Vicenta conoció a Osvaldo que había llegado al pueblo como vendedor ambulante y otra vez dejó a Ramiro para darse una nueva oportunidad en el amor. No obstante, Osvaldo se marchó del pueblo dejando a Vicenta embarazada.

Pero eso a Vicenta no le importó mucho porque allí estaba Ramiro su fiel y eterno enamorado quien se hizo otra vez responsable de la criatura. Ramiro cada día trabajaba más duro para el mantenimiento de su familia. Consiguió un empleo muy riesgoso, pero con mejor salario. Hizo viajes en lanchas de motor llevando mercancías de un lugar a otro, sin importarle las inclemencias del tiempo y arriesgando su vida, todo lo hacía para sacar a su familia adelante, vive en el mar, sin temor, ni miedo a nada. Por tal razón es conocido como «el rey del mar».

Ramiro y Vicenta no tuvieron hijos en común, pero eso a él no le ha importado ya que ha criado y ha querido a sus hijastros como si fueran sus propios hijos. Ramiro es bueno, excelente marido y padre, Vicenta no lo ha valorado, lo ha manipulado a su antojo, lo ha dominado, lo ha agredido tanto en lo corporal como en lo verbal, de manera reiterada le ha pedido que se vaya de la casa aun sabiendo que es el sostén del hogar y que ella y sus hijos dependen de él.

Por su trabajo Ramiro ha permanecido mucho tiempo fuera de la casa, pero siempre ha estado pendiente de su familia.

Cuando regresaba de sus viajes Vicenta lo recibía —la mayoría de las veces— con pleitos y acusaciones porque Ramiro le ha dicho que tiene su «costillita en el muelle de San Blas», que es el lugar donde permanece mucho tiempo por su trabajo. Él está cansado de esa situación y en ocasiones quiere dejarlo todo e irse, pero desde siempre ha amado a Vicenta y su mundo es ella. Vicenta lo ha amado a su manera, aunque le atormentó la vida y no ha sabido como demostrárselo. En el fondo sabe que Ramiro será un buen partido para cualquier otra.

¿Soportará un ser humano los pleitos y desprecios constantes de su pareja por amor o por pecado?

Capítulo veintiocho

La historia de Rosa, Sara y Raúl. Una historia llena de verdades, mentiras y conveniencias

Sara y Raúl tenían una relación peculiar llena de conveniencias lo que atraía como imán a los problemas. Sara ya mayor con sus hijos grandes solo quería de Raúl su compañía, Raúl por su parte buscaba en Sara su estabilidad y comodidad.

Raúl trabajaba de vez en cuando haciendo algunos trabajos independientes con lo que satisfacía su adicción al alcohol y a la cocaína de resto ella lo mantenía. Sara tenía un salario con el cual vivían bien y solventaba los gastos y vicios de su marido.

A pesar de esa situación, Raúl la engañaba con otras. Sara se enteraba de tales engaños, pero no le daba importancia ya que lo permitía todo con tal de no quedarse sola. Así Raúl entabló una relación con su contemporánea Rosa que tenía un buen trabajo lo que, por supuesto, le llamó la atención, Rosa, por su parte, se interesó en él para que la ayudara en un proyecto que estaba haciendo y para lo cual necesitaba mano de obra gratis.

Así empezó un trío raro, toxico, feo y dañino en el que cada uno actuaba según su conveniencia.

La relación entre Raúl y Rosa se inició por interés, pasó luego al amor y al deseo. Rosa se enamoró de Raúl, al cabo de pelearse a diario con Sara por no dejarlo libre; lloraba cuando pasaban días sin ir a verla y se deprimía; lo llamaba hasta el cansancio lo que causaba agrías discusiones entre ellas ya que Sara contestaba el teléfono y ahí se decían barbaridades, insultos, groserías y humillaciones.

A Sara le importaba poco que Raúl estuviera con Rosa aun cuando sus hijos, familiares y amigos la aconsejaban para que lo dejara ya que no la beneficiaba. Sara se empeñaba cada vez más en no dejarlo por no quedarse sola y más porque sabía que se iría con la otra. Rosa cada vez estaba más enamorada de Raúl, y le exigía que dejara a Sara y se fuera a vivir con ella, pero él no daba el paso ya que con Sara tenía muchos beneficios.

Las peleas entre Rosa y Sara no paraban y menos el «tira y jala» que tenían con Raúl mientras ellas se decían sus verdades Raúl las envolvía con sus mentiras.

Llegó un momento de desesperación para Rosa que con tal de tener a Raúl exclusivo para ella le deseó la muerte a Sara. De manera misteriosa y extraña, Sara enfermó y al cabo de unos días murió, dejando a todos consternados por el terrible suceso.

Al día siguiente de la muerte de Sara Raúl se mudó a la casa de Rosa. Se realizó su gran deseo y ya tenía a Raúl para ella solita como tanto lo quería. Ahora Rosa y Raúl estaban juntos sin otra persona interfiriendo, la más plena y feliz del mundo, ¡pero!, como bien dicen, «el muerto y el arrimado a los tres días apestan» no era lo mismo como amante ocasional a que se mudara a convivir de modo permanente. Por su adicción al alcohol y a las drogas Raúl tenía graves problemas de salud que antes no eran para Rosa nada importantes, pero al vivir con ella, esa condición enfermiza le causaba grandes molestias.

Entre la enfermedad de Raúl, sus adicciones, la falta de apoyo económico, lo dominante y lo controlador, entre otros defectos, que antes no se notaban terminaron por hartarla y acabar así con la paciencia y el amor que Rosa le había profesado, este cúmulo de conflictos la habían agotado y quería a Raúl fuera de su vida. Pero muerto dejaría a Rosa o saldría de esa casa ya que ella ahora es el único medio de subsistencia. Ahí está vista la inconformidad, el capricho y la falta de respeto del ser humano sin saber a qué atenerse. No sé cómo terminará esta historia, pero si le cae bien una canción que dice: «lo ajeno se deja quieto, se deja, se deja quieto».

¿Desde el principio la relación se basó en la conveniencia lo hicieron por amor o por pecado?

Capítulo veintinueve

No hay norte sin sur

Bruno es inteligente y pudiente en todos los ámbitos. Tiene mucho dinero debido a las tierras que posee y por su habilidad para los negocios. Bruno es muy conocido en la clase alta como un gran comerciante.

Enviudó hace algunos años, quedando solo con sus cinco hijos, tres ya mayoes de edad y dos todavía menores. Bruno nunca le fue fiel a su esposa, pero cumplía con su familia con «responsabilidad».

Bruno tenía un gran defecto que lo arrastraría a una vida mediocre, este defecto lo complacía y lo excitaba; consistía en sentir una gran atracción, pasión y debilidad por las ignorantes, pobres, con muchos hijos, o por las que le doblaban la edad, en sus mayoría viejas y muy feas. Al parecer eso lo hacía sentirse feliz y realizado.

Años atrás, antes de enviudar, conoció a Pascuala. Con ella engañó a su esposa, la susodicha cuadraba a la perfección con sus pervertidas atracciones. Pascuala cumplía todos los requisitos morbosos mencionados: tenía marido y siete hijos, seis de ellos menores de edad. Aunque vivía en la mayor de las pobrezas, era muy feliz con su marido porque lo amaba.

Esta situación extasió a Bruno. Se convirtió en adrenalina, candela pura y fuego ardiente, debido a que todo eso causaba furor, desbordando sus bajas pasiones porque lo enloquecía y atormentaba. Pascuala sería para él sin importarle que ambos estuvieran casados.

De una manera muy sutil y discreta la cortejó con regalos y detalles que la impresionaban y que a la vez eran cosas que ella necesitaba. A pesar de todo lo que hacía Pascuala no sentía atracción alguna por él ya que amaba a su familia y a su marido, pero veía todas las comodidades y lujos que tendría al lado de Bruno.

Pascuala nunca tuvo una casa propia, una cama cómoda, una mesa para sentarse a comer, vestía con trapos usados, regalados.

Indecisa por la situación, Pascuala consultó a una bruja que le dijo que aprovechara la oportunidad que se le estaba presentando ya que una situación igual no se repetiría y que esta le cambiaría su vida; por consiguiente, tales palabras cambiaron por completo el parecer de Pascuala y aceptó por conveniencia el inicio de una relación con Bruno.

Con el pasar de los años Bruno y Pascuala mantuvieron la relación a escondidas de sus parejas, aparte de Pascuala Bruno mantenía otras relaciones, tenía otras tres mucho mayores que él, y dos más tan pobres, ignorantes y comprometidas como Pascuala. No representaba a un Don Juan, apenas resultaba un aficionado y coleccionista de mujeres mayores, gerontofílico a rabiar, sentía una retorcida atracción por esas pobres mujeres llenas de hijos y con vidas difíciles.

Sabiendo Pascuala que como la querida conseguía mucho pensó que siendo la esposa conseguiría mucho más. Las palabras o visiones de la bruja despertaron en ella su ambición y vio a la esposa de Bruno como un estorbo, y por lo tanto como un obstáculo para la obtención de lo que —según ella— se merecía.

Se contaba entre los grupitos de chismosos que la mamá de Pascuala practicaba la brujería y es algo que solo se rumoraba —no es algo que se supiera con seguridad— pero muchos afirmaron que Pascuala le puso brujería a la esposa de Bruno y por eso padeció una repentina y grave enfermedad que le produjo la muerte con mucho sufrimiento.

En muy poco tiempo Bruno y Pascuala empezaron una vida juntos dejando así a los hijos de Bruno solos con el dolor de haber perdido a su madre y afrontando los cambios de la adolescencia.

Pascuala cambió de forma radical de pronto —ante la inusitada abundancia— se volvió presumida, materialista, egoísta, miraba a todos con desprecio y se daba aires de grandeza.

Pascuala tenía todo lo que en su vida —ni en sueños— imaginó tener y todo eso lo disfrutaba con sus hijos; sin embargo, los hijos de Bruno crecieron en el abandono se hicieron adultos antes de tiempo, tuvieron que salir adelante por sus propios medios, los dos que aún seguían siendo menores de edad tuvieron hijos sin tener una relación estable. Se cree que Pascuala también trabajó la brujería con él, ya que Bruno la mira de una manera muy diferente de lo que ella es y siempre la justifica. Bruno ama, cuida, y vela más por los hijos y nietos de ella que por los de él y le da un lugar inmerecido, porque ella no lo ayuda ni lo apoya en nada.

Pascuala no se desenvuelve en sociedad ni lo representa en situaciones o actividades públicas, ni camina a su lado porque es un gran empresario y su forma de vestir y expresarse no son las adecuadas, no solo es pobre en atributos físicos, sino también lo es de mente y de espíritu. Lo cierto es que Pascuala es muy hipócrita y perversa, pero ante él —actúa fingiendo buenos sentimientos— se muestra entonces frágil, débil, buena, pura, santa e inocente.

Que Bruno se fijara en ella fue su premio de lotería, su trofeo mayor. Para las personas no es una pareja la que él tiene a su lado, sino un gran problema, un dolor de cabeza. A Bruno y a Pascuala no le importa lo que la gente diga ya que la relación es de ellos y no de los demás. Bruno tiene toda la responsabilidad de los hijos que son menores de edad, y de los nietos que van en crecimiento, con muchos problemas por la vida de lujos a los que los está acostumbrando Pascuala.

Los hijos de Pascuala no quieren, ni respetan a Bruno, a pesar de todas las comodidades y atenciones que les ha dado. Procuran y atienden a su papá con el dinero de Bruno, ya que está enfermo y no tiene ningún recurso económico del cual pueda valerse.

¿Es justo que los hijos de Bruno tengan todo tipo de carencias mientras que los de Pascuala vivan en abundancia?

¿Se le caerá la máscara a Pascuala y la verá Bruno cómo es? ¿Le importará?

¿Actúa Bruno de esa manera por qué se siente pleno al estar al lado de su compañera ideal o porque está embrujado?

¿Se amarán Pascuala y Bruno o continúan juntos por intereses en común?

¿Será por amor o por pecado?

Capítulo treinta

Tu gusto debe ser mi decisión

La etiqueta que nos colocan antes o después de nacer, es a gusto y agrado de los padres o de los parientes según sea la situación.

Sucedió una vez con mi hijo que a los cuatro años estando en el pre-kínder no le gustó su nombre por la manera como lo pronunciaban la maestra, sus compañeros y también algunos miembros de la familia. Me pedía que se lo cambiara, pero en mi imposición e intransigencia no le prestaba atención, ni accedía. Todo eso influía en su conducta.

Llego a los cinco años con el mismo dolor de cabeza de que su nombre no le gustaba y que se lo cambiara, porque era muy difícil cursar el kínder en esa situación y por tal razón seguía mostrando rebeldía.

La situación no mejoraba, así que accedí y le cambié de nombre, solo varié en el orden y así quedó satisfecho. Eso se hizo gracias a que su padre accedió y fuimos juntos ante las autoridades competentes a hacer el trámite. Una vez más había sido coaccionado el derecho de mi hijo al pedir la autorización del padre.

Recuerdo que se lo comenté a algunas personas y la situación generó reacciones a favor y en contra. Recuerdo que una de las reacciones en contra como la de dos señoras a las que le hice el comentario cuando en una conversación salió a relucir el tema.

Sus reacciones fueron las siguientes: «Usted me perdona por lo que le voy a decir, pero él no se manda, la que manda es usted y si a usted le gusto ese nombre él tiene que aceptarlo». La otra reacción se manifestó así: «Yo no se lo cambiaría, eso es capricho y no le daría el gusto, si le gusta el nombre o no es problema de él, por algo usted se lo puso, a medida que vaya creciendo se acostumbrara, el aún es muy chico para decidir eso».

Una reacción a favor sostuvo que: «¿Para qué se lo pusiste entonces, solo porque a ti te gustó?» Y así hubo muchas más reacciones.

Lo cierto, en todo esto, es que todos tenemos derecho a ser reconocidos y a tener una identidad, lo controversial es que el nombre que nos identifica y llevamos a cuesta toda la vida no es a gusto nuestro sino de otras personas, en algunas ocasiones no es de nuestro agrado, y a causa de este somos víctimas de *bullying*, sufrimos traumas o vergüenzas. Casi siempre lo aceptamos sin cuestionar y vivimos conformes.

Cuando se es mayor de edad se está en todo el derecho de cambiarlo, la situación es que, aunque se haga, en el entorno siempre les seguirán llamando igual. A parte de que implica muchas otras cosas.

Muchas veces los nombres que se ponen son para honrar a parientes en vida o fallecidos. También nombres que se escuchan y gustan sin saber la razón o el motivo del porque lo escogieron, igual están los nombres que ponen desconociendo el significado y que en su mayoría influyen de manera negativa en la personalidad.

Se sabe y estamos de acuerdo de que es un derecho, pero también debe ser nuestra decisión.

¿Por qué esperar hasta ser adultos para cambiar algo con lo que no nos sentimos a gusto o no nos agrada? ¿Por qué la decisión de algo tan importante y que solo nos compete no puede ser nuestra?

¿Te gusta tu nombre y si pudieras cambiártelo cuál te pondrías?

¿La decisión de que otros escojan tu nombre se hace por amor o por pecado?

Lecturas recomendadas

Lo que soñé y no se cumplió (Sara González)

Cuando tus ojos no ven (Leonardo Vidal Ferreiro)

Pablo: una vida, una mujer, una oportunidad
(Arlis Milán Mosquera)

Cuentos y relatos (Bertoldo Herrera Gitterman)